「うーん、なんか新婚の若妻にイタズラしてる気分」
「だ、誰が若妻だって…」
「ここでやっちゃう…？」　（本文107ページより）

カバー絵・口絵・本文イラスト■杜山《とやま》まこ

タイミング

義月粧子

この物語はフィクションであり、実在の人物・学校・事件等とは、いっさい関係ありません。

CONTENTS

タイミング

杉山直哉《すぎやまなおや》が初めて西垣剛《にしがきごう》と会ったのは、異動した部署でのミーティングの席だった。

「彼が今日うちに配属されたばかりの、杉山くん」

課長に紹介されて、直哉は軽く頭を下げた。

社内での異動はよくあることで、誰もさほど彼に興味を示したりはしなかった。直哉も入社五年目で既《すで》にそういう雰囲気には慣れていたので、気にも留めずに席に着こうとして、ふと強い視線を感じた。

「彼、何する人?」

誰に云《い》うとはなしに云う。その言葉に直哉が顔を上げた先で、微笑していたのが西垣だった。

「…プログラマーです」

直哉は僅《わず》かに緊張して答えた。

緊張したのは、相手の容姿があまりにも印象的だったせいだ。

「そりゃいい。よろしく頼むよ」

そう云って笑った顔に、直哉は強烈に惹《ひ》き付けられた。

彫《ほ》りの深い男性っぽいハンサムな容姿は、ゲイである直哉をいとも容易《たやす》くノックアウトしたのだ。

会議が始まると、その日は西垣の一人舞台だった。

あとで知ったことだが、西垣は自分より五年先輩なだけだった。しかし圧倒的な存在感は強く彼を惹き付けた。

西垣のリーダーシップは、彼の年齢や肩書きに関係なく、会議を支配する。

彼の発想の大胆さと豊かさに、そしてユーモアを交えた話し方に、直哉は特別なものを感じたのだ。自分の企画を通すための強引とも取れる論述も、直哉にはむしろ彼の自信と受け取れる。

数時間前まではまったく知らなかった相手が、このときから直哉の中心に居座ってしまった。

しかし、世の中は直哉にそれほど親切にはできていない。

実際に直哉が配属されたところは西垣とは接点が殆《ほとん》どなく、一緒に仕事をすることはもちろんのこと彼を手伝うこともなかったのだ。


直哉はモニターを眺めながら、ひっきりなしにキーボードを叩《たた》いていた。

いくつかの計算式を入力して、ふっと息をつく。

そのタイミングを見計らったように、同僚の望月《もちづき》がコーヒーを差し出した。

「ひと息入れたら？」

「あ、ありがとう」

コーヒーの匂《にお》いに、直哉はそのとき初めて気づいた。

「今日中にできそう？」

彼女は机の角に腰かけて、直哉のモニターを覗《のぞ》く。

「…もうできたよ。ちゃんと起動するかは確認してないけど」

望月はひゅうっと口笛を吹いた。

「さすが、杉山くん」

「動いてから云ってくれ」

そっけなく返して、コーヒーを飲む。

ここに異動してくる前の部で直哉が一番目をかけていた後輩の高井《たかい》が、望月の婚約相手だったこともあって、彼女とはわりあいよく話をする。

「もしかして、それ納期が来週の分？」

「ああ」

「このプログラムって、一昨日《おととい》課長が来てなんかケチつけてたやつじゃない」

「ああ。全部の項目を一度に処理できるようにしろってさ」

「…簡単に云ってくれるわね」

望月はごく簡単なプログラムなら組めるので、課長の言い分がいかに乱暴かくらいはわかった。しかし、直哉は軽く肩を竦《すく》めて見せただけだった。

「べつに難しいことじゃない。ちょっと手間がかかるだけのことで…」

「…杉山くんがそうやってソフトのこと何にもわかってない課長や部長の要望をすぐに受け入れるから、誰でも簡単に作れるように思われて困るって、高井が云ってたわ」

「簡単とは云ってないんだけど…」

「一日や二日で作るから、知らない人は簡単だと思っちゃうんじゃない」

「そう云われてもなあ…」

直哉はコーヒーカップを左手に持ち替えると、マウスを移動させながら一口飲む。

「…ところで、例のT社の仕事、あれ西垣さんがやるみたいよ」

「もう決まったのか？」

直哉は思わずモニターから顔を上げた。

「ええ。今ごろ本人も聞いてるんじゃないのかな」

望月は副社長秘書と仲がいい。彼女の情報はいつも正確だ。

「西垣さんって、同期で一番の出世頭《しゅっせがしら》じゃない？　私も早まったかなあ」

「早まったも何も、向こうから声はかかってるのか？」

「だから、可能性の問題よ。もし声がかかったら無視できないなあって」

「…思ってもないくせによく云うぜ」

直哉は望月と高井がいつも一緒に通勤するほど仲が良いのを知っていた。

「あらでも、西垣さんにプロポーズされたら気持ちは揺らぐわよ。将来有望ってだけじゃなくて、あんなにいい男そうはいないでしょうし…」

直哉はそっけなく肩を竦めただけだったが、内心そんなふうに云える彼女が羨《うらや》ましくもあった。

「…そんなこと高井のファンの女の子たちに聞かれたらやばいんじゃないか。高井を年上のあんたに取られたってだけでも、彼女たちの恨みを買ってるってのに」

望月はにやりと笑った。

「その上、杉山くんとも仲いいしね」

直哉は思わず眉《まゆ》を寄せた。

「それが何の関係があるんだ？」

「杉山くんもけっこう人気あるから」

「あるわけないだろ」

「あら、あるわよお。杉山くんも仕事できるし、ルックスもいいし…」

「はあ?」

「私も杉山くんの顔好きよ。ちょっと線が細くて神経質にも見えるけど、でも綺麗《きれい》に整ってる方よね」

「…どこが」

直哉は呆《あき》れたように溜《た》め息《いき》をついた。

自分の容姿がそれなりに女性に受けることを知らないわけではなかったが、女性に興味のない直哉には大して嬉《うれ》しいことでもなかった。

「誉《ほ》めてるのになんで怒るのよ?」

「べつに怒ってないけど」

「そうか。杉山くんって喋《しゃべ》り方が淡々《たんたん》としすぎてるから、誤解されるのよね」

「誤解?」

「怒ってるみたいに見えるのよ。ただのクセなのにね」

望月も高井から話を聞いていなければ、敬遠したかもしれなかったのだ。

実際、直哉のこの話し方にカチンときた先輩社員もいて、それで傲慢《ごうまん》だと思われていることもあった。が、直哉自身にはまったくその自覚がないらしい。

「…確かに西垣さんとはタイプが違うけど」

「タイプじゃなくてレベルだろう」

西垣のような切れそうに鋭い容貌《ようぼう》の男など、そうザラには居ないのだ。

「そんなことないって。でもそういうとこも人気なのよね。あまり自分を売り込まないというか……」

「……」

直哉はいかにもだるそうに望月を見る。

「…それに愛想《あいそ》よくないとこが」

女に人気があっても仕方ないんだよと云いたかったが、面倒だったので敢《あ》えて何も言い返さなかった。

最初に出会ったミーティング以来、直哉は個人的に西垣と話をしたことはまだなかった。強烈なひと目惚《めぼ》れだったが、直哉はその自分の気持ちが受け入れられるという期待をしたことなど一度もない。

だいたい、職場で恋人が見つかるなどと思ったことはない。世の中それほど都合よくできていないことは彼自身が一番よくわかっている。ましてや、西垣のような有能でかっこいい男が、自分の人生に関わってくるわけがないのだ。

それまで付き合った相手も、その手のクラブで知り合ったとか、または同好の友人に紹介してもらったとかそういう関係ばかりだった。そういう特別な場所以外で恋人を作ることは無理だと思っていた。

もちろん、日常の生活の中で誰かを一方的に好きになることはよくあった。しかし、その恋が実ることは一度もなかった。

西垣に対しても、そうなることはわかり切っていた。ほんの僅かな可能性も、考えたことはなかったのだった。

「杉山さん、課長が手が空《あ》いたら来てくれって」

打ち合わせから戻るなり、声をかけられた。

「俺？」

「ちょっと機嫌悪そうでしたけど…」

「…俺、なんかしたかな」

呟《つぶや》きながら、抱えてきた資料を机の上に置く。それを見て望月が口を出した。

「もしかしたら、西垣さんがらみじゃないかなあ」

「えっ…？」

「T社の仕事のこと。なんかトラブってるみたいだったのよ」

直哉は慎重《しんちょう》に彼女を見た。

「…それと俺と何か関係あるのか？」

「わからないけど、なんとなく…」

その望月のカンはあたっていた。


課長から西垣のアシスタントをするように云われたときは、喜びよりもむしろ戸惑《とまど》いの方が大きかった。

「T社の仕事って、既にチームはでき上がっていて、もう始めてるって聞きましたけど…」

直哉は当惑したように課長を見る。

「まあそうなんだけど、プログラマーの池田《いけだ》が前の仕事のトラブルで借り出されてしまった。彼しかわかる人間がいなくてね。この半年ほどは、点検も含めて何度か出張する必要が出てきたんだ」

こういうトラブルは珍しいことではない。プログラムの不具合のせいかそれ以外が要因なのか、調べてみないことにはわからない。

そして一旦《いったん》トラブルが発生すると、完全に修復できたことが確認できるまで、何度も納品先に足を運ばなければならない。

直哉の会社はソフトの製作が専門ではないので、プログラマーの数はそれほど多くない。だからどうしても一人ですべて担当することになってしまう。

仮に池田が退職でもしたら、このトラブルは誰が面倒見るのかと直哉はつい思ってしまう。それは、彼自身池田と同じ立場だったからだ。

「今、大きな仕事を抱えてないソフト屋はきみだけなんだよ」

「それは…」

事情はわかったのだが、それでも直哉はまだ躊躇《ちゅうちょ》していた。T社の仕事は西垣にとっては将来が左右されるほどの大きな仕事なのに、自分たちは今まで一緒に仕事をしたことがなかったからだ。

やり方で食い違いができたときに、果たしてうまくやっていくことができるのか、直哉にはまったく自信はなかった。

せめて、自分にできるかどうかを判断できるだけの材料がほしかったのだ。

しかしどうやら、自分に選択権はないようだった。

「…断われないみたいですね」

「そうなんだ、悪いが」

あまり悪いとは思っていないらしい課長に、直哉は内心深い溜め息をついた。

「今回の仕事に関しては、もともと私はきみを推薦《すいせん》していたんだよ。私はきみのコストパフォーマンスを高く評価してるからね。だが、西垣くんが何度も一緒に仕事してる池田の方がいいと云ったんだよ」

「……」

「ぜひ彼を見返すつもりで、がんばってくれ」

「はあ…」

直哉は頭が痛くなった。そういえば課長が自分の地位を脅《おびや》かしそうな西垣を警戒しているらしいという噂《うわさ》を聞いたことがあったのだ。

「…まったく、そんなもんに俺を巻き込まないでくれ」

廊下に出るなりそう呟いて、直哉は大きく溜め息をついた。


直哉はとにかくやりかけの仕事を片付けて、午後イチで西垣に挨拶《あいさつ》に出向いた。

「ああ、杉山だったな。課長から聞いてるよ」

西垣は顔を上げると、特にこれという反応は示さなかった。

「できるだけ早くこっちに移ってもらいたいんだけど、きみの仕事はいつ片付きそう？」

「明日からなら大丈夫ですよ」

「ほんとかっ？」

西垣の顔がぱっと晴れた。

たとえ無理でも徹夜してでも何とかしてしまいそうな、直哉にとってはなかなかに衝撃的な笑顔だった。

「それじゃあ、今夜メシ奢《おご》るよ」

直哉は残念でたまらないというのを、まったく顔に出さなかった。

「…せっかくですが、今日残業しないと明日からかかるのは無理なんですが」

この淡々とした喋り方で直哉はけっこう損をしていたのだが、本人にはあまりその自覚がなかった。

「それは嫌味か？」

「は…？」

ぼけたような反応に、西垣は思わず苦笑する。

「まあいい。それじゃあ明日からよろしく頼むよ」

「わかりました。こちらこそよろしくお願いします」

直哉は、少し不安を抱えたまま自分の席に戻った。


最初のミーティングのときに、直哉は一言も発言しなかった。メモを取るでもなく、パソコンを操作するでもなく、ただ黙って皆の報告を聞いていた。

ときどき目を瞑《つむ》っているので、寝ているのではないかと思っている社員もいたようだ。

ミーティングのあとも、池田の作りかけたプログラムを一日眺めていただけだった。

次の会議でもその次の会議でも、直哉はずっと黙って話を聞いているだけだ。

そのころから、チーム内では直哉に対する不満の声が上がり始めていた。


「…杉山からは何かないか？」

会議中、直哉が一度も発言しないことにさすがに西垣も疑問を持って、彼に話を振った。

他の社員も興味深げに直哉が何を云うのか見守っている。

しかし、直哉は短く云っただけだった。

「特に何も」

「特に何も、ってアンタね、って感じじゃない？」

「何だかやる気がまったく感じられないんだよな…」

「池田さんは、びしびし質問してすごかったのに」

直哉が会議室を出た直後、残っていたメンバーは口々に不満を云い始めた。

「彼に任せて大丈夫なのかなあ」

「ねえ西垣さん、今からでも池田さん呼び戻せないもんでしょうか」

西垣は不用意なことは云わなかったが、気持ちは彼らと同じだった。

なにしろ直哉と仕事をしたことがなかったので、このまま放っておいていいのか、早めに何とかした方がいいのか測りかねていたのだ。

「…まあ、そうもいかないだろう」

「けどこのままじゃあ…」

心配顔の部下たちに、西垣は安心させるように笑ってみせた。

「わかってる。ちゃんと俺から話してみるよ」

そう云うと、会議室を出て直哉の席に出向いた。


「…何か？」

西垣の姿に気づいて、直哉が椅子《いす》から立ち上がった。

「いや、いい。そのままで」

そう云って、近くの椅子を転がしてきて直哉の前に座った。

「…どんな調子？」

聞きながらも不安だった。

直哉の席には、資料らしいものは何ひとつ置いてなかった。さっきの会議で使ったレポート以外には、数式を羅列した用紙が散らかっているだけだった。

「まだ殆ど何もできてませんよ」

直哉は恐ろしいことをそっけなく云っただけだった。それにはさすがに西垣も聞き捨てならなかった。

「それは、何かやり方が気に入らないと云う意味なのか？」

「え…？」

「会議でもだんまりだし、資料さえも揃《そろ》えてない。それで平然とできてないだと？」

部屋には直哉しか居なかったので、西垣はつい声を荒げてしまった。

「君はあまり気にしていないようだが、他の奴らともうまくいってないだろう」

直哉はなぜ西垣が怒っているのか、すぐに呑み込めなかった。

「あの…」

「何だ？　言いわけでもしてくれるのか」

「池田さんは、そんなによく質問とかしていたんですか？」

直哉の言葉に、西垣は徐《おもむろ》に眉を寄せた。

「…彼は調査内容を徹底的に自分のものにしてプログラムを組むから、納得がいかないことは何度も調べさせてたな」

つい語気が荒くなってしまったが、直哉はあまり気にした様子もなかった。

「そうですか。でも私には今のところ納得がいかないことはありません。たまにムダなところもありますが、調べるべきところはちゃんと調べてくれてるので、それ以上聞くことはないんですが…」

「……」

西垣はまじまじと直哉を見た。

彼が云うことは正しい。直哉は調査の結果を全面的に肯定して仕事をする主義なのだ。その信《しん》憑《ぴょう》性《せい》を判断するのは西垣の仕事で、直哉の仕事ではない。

調査の結果を疑ってかかったら、直哉の仕事は先に進まない。

課長の云う、直哉のコストパフォーマンスの高さというやつは、こういうことだったのだ。

しかしそれでも、西垣はまだ彼の力を測りかねていた。

「…それじゃあ、きみのやり方を教えてもらえないか」

「え…」

「今までとやり方が違うので、皆が戸惑っている。俺は皆を納得させないといけない。こういう仕事はチームワークが肝心だ」

「わかります」

「きみのやり方を変えろというわけではない。ただきみを信頼できるということを、皆にわかってもらわないと」

直哉は頷《うなず》いた。

「西垣さんも信頼できないってことですね」

「俺は…」

「わかってます。当然のことです」

直哉は真面目《まじめ》な顔で、再び頷いた。

「ただ、私のやり方を聞いたらもっと不安になると思いますよ」

「…おいおい、何だよ」

真面目な顔でとんでもないことを云う直哉に、西垣はちょっと度胆《どぎも》を抜かれていた。

「…もうちょっと待っていただけたら、簡単なサンプルを作ってみますが、それでどうでしょうか」

「どのくらいかかる？」

「そうですね。次の会議までには」

次の会議は三日後だ。たった三日で他のメンバーを納得させる自信があるということだ。

西垣はこのときに、ほぼ直哉の能力を確信していた。


直哉は何をやってみせれば、彼らが納得するのかをちゃんと心得ていた。

直哉のサンプルは、調査の結果を的確に織り込み、会議で出たアイディアを盛り込んだプログラムになっていた。

彼が会議中に居眠りしていたわけではなく、誰よりも真剣に全員の意見を聞いていたことは、このサンプルを見れば納得せざるを得ないだろう。

彼はミーティングに参加して、提出されたデータを元に全員の報告や新しい意見を聞き、選択して記憶する。直哉の仕事は会議で意見を云うことではない。全員の意見を聞いてそれをプログラムに反映させることだけに、集中していたのだ。

メンバー全員が、このサンプルを見て自分たちの考えを改めなければならないことを悟《さと》った。

会議のあと、西垣は馴染《なじ》みの店に直哉を誘った。店は混雑していたが西垣は予約しておいたらしく、すぐに奥のテーブルに案内された。

直哉は緊張を悟られないように、メニューに目を落とした。

「魚が苦手じゃなきゃ、魚定食がいい」

西垣は最初から決めていたような口調でそう云って、ちらと直哉を見る。直哉は黙ってそれに頷いた。

「皆、納得してたよ。きみが彼らを信頼してるのもわかったみたいだし」

西垣は腕組みをして、にっこり微笑《ほほえ》んだ。

「はあ」

「実は俺も驚いた。あんなにイメージ通りにいくとは思わなかったからな」

頭の中を覗かれたのではないかというほど、明確な形に表わされていた。

「…それは西垣さんが具体的なイメージを持っていて、その上で企画してるからですよ。西垣さんの要望はいつも具体的ですごくわかりやすいです」

「…そんなこと云われたことないな」

「そうですか?」

「いつも要求が多すぎるとかイメージに捕われすぎるとか、そういう苦情はしょっちゅうだが」

「俺は要求が多いほどイメージが摑《つか》みやすいから、ありがたいですけど」

そっけなく返して、直哉は運ばれてきた料理に箸《はし》を付けた。

冷めないうちにと吸い物を一口啜《すす》った途端《とたん》、直哉の表情が変わった。

「…旨《うま》い」

「だろ?」

西垣がにやりと微笑む。

和食は吸い物でその店の味がわかる。フレンチでいうコンソメのようなものだ。

期待して口に運んだ煮物も、文句なしだった。

「しかし、きみはちょっと過小評価されてるんじゃないか?」

「…俺、評判悪いですか?」

直哉が真面目に返すのを、西垣は笑って否定した。

「そうじゃなくて、きみは確かにそれなりに評価されてるようだけど、たった三日であれが作れるほどの能力だってことは聞いてなかった。だいたいうちはソフト屋が不足してるってのに、でかい仕事をそんなにやってないだろう?」

西垣の言葉に、直哉はちょっと苦笑を洩《も》らした。

「西垣さん、俺はそんなに優秀じゃありませんよ」

「謙遜《けんそん》か。なんからしくないな」

「そうじゃありませんよ。俺は他のプログラマーのように、自分でアイディアを出したりしないんです。というか、できないんです。今日のサンプルはうまくできたと思ってますが、それは西垣さんのアイディアが優《すぐ》れていたからなんです」

直哉はそう云うと、鰺《あじ》の骨を外《はず》すときに使った指をぺろりと舐《な》めた。

「今回の仕事は、調査もしっかりしてるので必然的にいいものができます。何より西垣さんの方でイメージがかっちりでき上がっているので、すごく楽ですよ。俺はそういう、誰かのアイディアを利用するってやり方が向いてるんですよ」

「なるほど…」

西垣はふと、彼は自分の仕事のパートナーとして欠くことのできない存在になるかも知れない、そう思った。

「もしかして、思わぬ拾いものかな…」

直哉はそれにはさすがに苦笑を浮かべる。

「…俺、拾われたんですか?」

「あ、いや、そういう意味じゃなく…」

「かまいませんよ。さっきも云ったように、自分がそれほど優秀じゃないことは知っていますから」

ひょいと肩を竦めると、まったく気にしてない様子で、ふきのとうの天ぷらに箸を伸ばしている。

「けど、少なくとも俺にとっては優秀だ」

その言葉に、直哉の箸からふきのとうが落ちかけた。

「次からもできればきみを指名したいと思うんだが…」

「え…」

「もともと、課長はきみを推薦してたということだからそれほど問題ないと思うけど」

直哉は突然のことで、ただ驚いていた。

「どうかな？」

「…それは、この仕事が完成してから考えた方がいいと思うんですが」

「そうだな」

答えながらも、西垣はもう決めているようだった。

直哉はいきなり急接近してしまったことで、動揺を隠し切れないでいた。

「まだ、やってるのか？」

西垣の声に気づいて慌《あわ》てて顔を上げると、部屋には自分しか残っていなかった。

「あ、いえ、もう帰ります」

時間を確認するとまだ八時を過ぎたばかりだったが、今日が金曜日だったことを思い出して納得した。皆デートやら何やらでさっさと帰ったのだろう。

「仕事、好きそうだな？」

直哉はちょっと微笑して肯定した。

「それより、もう帰るんなら一緒にメシでもどうだ？」

「え…」

「奢るぞ」

にやりと笑って促《うなが》す。そのどこか悪戯《いたずら》っぽい笑みはとんでもなく魅力的で、直哉はぞくぞくしてくる。

しかしだからこそ、直哉は西垣とはある程度距離を置きたかったのだ。

「あの…」

「何だ？　約束でもしてるのか？」

「ええ、まあ」

「ああ、デートか」

ちょっと揶揄《やゆ》を含んだ声になる。

「…友達がメシ作ってくれてるんです」

「ふーん、友達ねえ」

約束は嘘《うそ》ではなかったが、直哉は敢えて否定も肯定もしなかった。

「それより、ちょっといいか？」

西垣はデスクの角に尻《しり》をのせて、脚を組んだ。

「このまえ一緒に昼飯食ったときに話そうかと思ったんだが…」

西垣の声が一瞬周囲を窺《うかが》ったような、そんな気がした。

「…何か？」

「ちょっと唐突なんだが、聞いてほしいんだ」

直哉は黙って話を促した。

「あとでバレると気詰まりなことになりかねないんで、一緒にチームを組む相手には先に云っておくようにしてるんだが…」

「はあ…」

「俺、ゲイなんだよな。男と付き合ってんだ」

「え…」

直哉はまさか、西垣の口からそういう告白が出るとは思いもしなかった。あまりの驚きのため、表情が強張《こわば》ってしまった。

そして、西垣はそれを嫌悪《けんお》の表情だと受け取った。みるみる顔が不快に歪《ゆが》んでいく。

「…今どき、そういう反応も珍しいよな。まあべつに理解してくれなんて云わないよ」

直哉は、よもや自分が誰かからそういう言葉を返されようとは思ってもみなかった。何とか言いわけしようとして、しかし西垣の冷たい目に怯《ひる》んでしまった。

「ゲイだからって、男なら誰でもいいってわけじゃない。こっちにだって選ぶ権利はあるんだ。あんたみたいなのはまるっきりタイプじゃないから、間違っても手を出そうとは思わない。安心してくれてかまわないぜ」

西垣の言葉に、直哉はもう何も云い返せなかった。

ほんの一瞬のタイミングのズレだった。

直哉は公言はしていなかったが、特にゲイであることを隠していたわけではない。

社内にプライベートでまで親しく付き合う友人が居なかったせいで、それを打ち明ける機会もなかった。

それでも数人の女子社員から付き合ってほしいと云われたときには、自分はゲイだからと断わっていた。しかし、どうやらそれは広まらなかったらしい。

どっちにしろ、ゲイであることを隠すような努力は殆どしていなかった。

それが西垣の告白を聞いてからは、自分がゲイであることを西垣だけには知られてはならなくなったのだ。

どのツラ下げて今更自分もゲイです、などと云えるだろう。

そのときから、直哉は西垣に対する思いも自分が男を好きなのだと云うことも、すべて隠さなければならなくなった。


西垣は仕事は仕事と割り切っていて、仕事上のパートナーとしての直哉を必要としていた。

西垣がアイディアを出し、直哉がそれでプログラムを書くという関係は続いていたが、そこには友情さえも存在しなかった。

直哉は西垣と接するときには、常に緊張していた。

西垣に知られてはいけないというプレッシャーから、できるだけ自分の感情を表に出さないように気を遣《つか》った。

しかしそのことがいつも裏目に出る。

一度西垣と二人で、取引先に挨拶に行ったことがあった。

営業の人間も一緒だったのだが、帰りは別行動になってしまった。

二人きりでタクシーに乗ったことなどなかったので、直哉は終始緊張していた。それを悟られないように、ずっと窓の外ばかり見ていた。

タクシーを降りる段になって、ちょっとした拍子で西垣の手が直哉の手と重なってしまった。

直哉は慌てて自分の手を引く。その過剰《かじょう》な反応に、西垣は不快そうに眉を寄せた。

「…失礼な奴だな。触っただけでホモが伝染《うつ》るとでも思ってるのか」

領収書を内ポケットに収めながら、西垣は不快感を隠そうともしない。

「…すみません」

「まあいいけど。不愉快なのはお互いさまだ」

「そんなつもりは…」

「そうか？　それにしちゃあ、居心地《いごこち》悪そうだったが。黙ってても伝わってくるんだよ、そういうのはな」

そう云い捨てて、さっさとエレベーターに乗ってしまった。

その後ろ姿を見送りながら、直哉は大きな溜め息をついた。

直哉が緊張のせいで態度が硬くなるのを、西垣は自分に対する不快感からだと解釈していたのだ。

自分が何をしても、西垣には悪いようにしか伝わらない。

仮にも片思いの相手からそんなふうに思われることはさすがに辛《つら》い。

誤解を解《と》くのは簡単なことかもしれないが、たとえそうしたところで失われた信頼は取り戻せないのだ。


「ここ、いい?」

社員食堂でランチをつついていると、頭上で声がした。顔を上げると望月と高井がトレイを手に立っていた。

「よう」

「お久しぶりです」

高井は微笑して、向かいに座った。

「おまえら、昼飯も一緒に食ってんのか」

「いつもってわけじゃないですよ」

直哉はそれに肩を竦めてみせた。

「それより、西垣さんとはどうなの？」

「どうって？」

「なんか、毎日忙しそうじゃない。そんなに大変なの？」

云われてみれば、西垣と一緒に仕事をするようになってから殆ど毎日残業していたし、昼食もデスクでサンドイッチを食べながらということも少なくなかった。

「まあ大変と云えばそうかな」

望月はちょっと驚いたように直哉を見た。

「あら、杉山くんからそういう言葉を聞けるとは」

「僕も初めて聞くなあ」

二人ともに云われて、直哉は思わず眉を寄せた。

「何だよ、二人して…」

「だって、いつもどんな面倒な要求でも涼しい顔してこなしちゃうじゃない」

「涼しい顔って云われてもなあ…」

「杉山さんより仕事早い人って、そうはいませんよ」

「…まあ、それがウリだからな」

そっけなく返して、付け合わせのにんじんを口に運んだ。

「それだけじゃないから西垣さんが大事にしてるんでしょう」

「そうよう。西垣さんとこ以外では杉山さん、大きな仕事やらないでしょう。うちの課長がこぼしてたもん」

「……」

そういう話は初耳だった。他の人間にはそんなふうに映るのだろうか。

実際、西垣との仕事以外は数時間で書けるプログラムばかりだったから、大きな仕事は専《もっぱ》ら西垣のチームでのことだった。

西垣の要求度は高いが、そのせいだけで残業を続けていたわけではない。納期が厳しいわけでもないのに、直哉はついのめり込んでしまうのだ。

直哉にとって、西垣のアイディアはそれだけ魅力的だった。彼の豊かで大胆な発想は、直哉を捉《とら》えて離さないのだ。

自分だけが西垣がイメージするものを形にできる。彼が満足できるものを作ることは、大きな喜びだった。

直哉自身が誰よりも早く完成させたいと思うあまり、自然と残業が増えることになっていたのだった。

仕事をしているときだけは、西垣と最も近い関係でいられる。そして成果が認められれば、その関係をいつまでも続けることができるのだ。

「けど、あんまり無理しないでくださいね」

「え…」

「もともと無愛想だけど、最近それに輪がかかっているという評判よ」

「何それ…」

「いっつも怖い顔してるから、声かけられないって。西垣さんの仕事やり始めてからそういう印象はよけいに強くなったみたいよ」

「……」

「女の子たちだけじゃなくて、男でも下の奴はけっこうびびってますよ」

直哉は思わず苦笑する。

もともと無愛想だが、最近の直哉は社内では殆ど笑うことはなかった。

プライベートのガードを堅くせざるを得なかったので、社外での付き合いは殆どなくなった。

しかしそのことを直哉は何とも思っていなかった。外野の存在などどうでもいいと思えるほど、仕事は充実していたのだ。

最初にそのミスに気づいたのは直哉だった。

「…確認ミスだ。数値が違ってる」

担当者の島津《しまづ》が蒼《あお》くなって直哉を見る。

島津は直哉より一年だけ先輩だ。回転は速いのだがときどき雑なところがあって、直哉は彼に限ってはしつこいくらい確認していたつもりだった。

今回の資料も、渡されたときは何度も確認した。それが違っていれば、あとでどれほど面倒なことになるかも説明している。

そのときに島津は、云われなくてもわかっていると不満そうに返しただけだったのだ。

直哉としては、同情の余地なしと云ったところだった。

「…確認を怠《おこた》ればどういうことになるのか何度も説明したと思うんですが」

「すまん…」

「とにかく、正しい資料をすぐに揃えてください」

突き放したように云って、視線をモニターに戻す。いらいらしてくるのを隠そうともしなかった。

「あの、それでどのくらいで直せる？」

「さあ。どっちにしてもすぐは無理ですね。既にべつの仕事をやりかけていて、そちらを遅らせるわけにはいきませんから」

厳しい口調に、周囲で聞いていた他の社員は思わず島津に同情的になる。

「どうしてこんなミスをしたのか、よく考えてほしいですね。何考えて仕事してるのか聞きたいですよ」

「…ほんとにすまん…。何でも手伝うよ。俺にできることがあれば…」

「貴方《あなた》に手伝ってもらえることは何もありません。再度資料の確認をしたら、依頼先に詫《わ》びでも入れてください。他に貴方にできることはありませんよ」

直哉は容赦《ようしゃ》なかった。いいかげんな仕事ぶりの尻ぬぐいを自分がしなければならないことで、かなり頭にきていたのだ。

しかし周囲はこのやり取りだけを見て、直哉に対して眉を寄せた。

「…杉山さん、ちょっと云いすぎじゃないですか」

「そうだよ。ミスしたことをいつまでも責めても仕方ないだろう。島津さんだって自分が悪いのは認めてるんだから」

直哉は大袈裟《おおげさ》に溜め息をついて、彼らを無視する。それは更に周囲の空気を険悪にした。

「ミスをした人間が一番辛いんだってこと、杉山さんにはわからないんでしょう」

島津がおろおろして彼らを宥《なだ》めようとするより先に、戸口で声がした。

「遠藤《えんどう》も高畑《たかはた》も、無責任に島津を庇《かば》うなよ」

「…西垣さん！」

「チーフ！」

二人は慌てて腰を浮かす。

「残業と休日出勤で修正をするのは杉山だ。グチくらいこぼすのは当たり前だろ。そのへんのこと、もうちょっと考えろよな」

西垣の仲裁《ちゅうさい》を一番驚いたのは直哉だった。仮にも彼が自分を庇うようなことはないだろうと思っていたのだ。

しかし考えてみればそれは意外なことではない。西垣の仕事に関する平衡《へいこう》感覚は確かだった。常に発言した人間への個人的感情を抜きに、その発言の内容だけで判断する。簡単なようでそれができる人間はなかなかいない。

西垣は自分を庇ったわけでもチーム内の和を考えたわけでも、どちらでもない。ただフェアだっただけなのだ。

「それに杉山がヘソ曲げて面倒見ないって云い出したらどうする気だよ」

皮肉を云ってちらと直哉を見る。

直哉は釘《くぎ》をさされたのだと思った。おまえを庇ったわけではないのだと暗に云っているのだ。

こういうときに、直哉は自分が西垣に疎《うと》んじられていることを痛感する。

ふだんは無視されているだけなのだが、何かで接点ができると、西垣は必ず直哉にそれを自覚させる。

直哉は何も感じていないふりをしていたが、本当はその都度《つど》居場所を失ったような、いたたまれない気持ちになるのだった。


西垣は、二人を部屋に呼び入れて詳しい事情を聞いた。

「…それで納期はいつだ？」

「来週の月曜です」

西垣はちらと直哉を見た。

「間に合うか？」

「無理ですね。このあとS社の納期が控えてるんです。週末返上でやったとしても一週間はかかります」

「そんなに…」

島津が絶望的な声を上げた。

「今、仕事詰まってるんですよ。他の分の調整がつけば、もうちょっと何とかなるんですが…」

西垣は頷いた。

「それは俺から杉山のとこの課長に話して何とかしてもらおう。それでどのくらいまで短縮できる？」

「…四日はかかります。もちろんS社を遅らせれば、その分早くできます」

西垣は渋い顔をした。

「それはまずいだろうな…。よそにまで迷惑かけられないし。けど四日ってのは…」

どかっと椅子に腰を下ろして、溜め息をつく。島津は口を挟むこともできずに、不安そうに成り行きを見守っている。

「仕方ない、それしかなさそうだな。杉山、部長に経過の説明をしなきゃならないので同席してくれ。もちろん島津もだ」

この決断の早さだ。直哉は頷きながらも舌を巻いた。

「それと、部長の指示が出るまではこの件はよそでは喋るな」

「わかりました」

「あとは島津に話があるので、杉山は席を外してもらいたい」

島津の顔に緊張が走る。直哉は黙って部屋を出た。

西垣が島津をどうするつもりなのか、直哉にはうすうす想像がついた。リーダーシップや決断力は文句なしの西垣だが、それだけでは信頼を得られないはずだ。

部下がミスをしたときの責任の取り方で上に立つ人間の資質というものが評価できる。そういう資質を西垣が備えていないはずがなかった。

部長室に出向いたとき、島津は直哉でさえ心配するほど緊張していた。恐らく直哉が部屋を出たあと西垣にこっぴどく怒られたのだろう。

島津は、西垣が部長に自分のミスを報告して何らかの責任を取らせるつもりなのだと思って緊張していたのだ。

チームを外されることは間違いないだろう。それどころか支社にでも飛ばされるかもしれない。

しかし、西垣は部長に対して具体的な話はまったくしなかった。これからどうやって解決していくつもりなのかを報告するだけで、責任はすべて西垣自身が取るという姿勢を最後まで貫《つらぬ》いた。

「西垣さん…、何と云ったら…」

廊下に出るなり、島津は泣き出しそうな顔で西垣に頭を下げた。

「二度はなしだぞ」

「はい……！」

「それにまだ終わったわけじゃない。これから先方に頭下げに行かないとな」

「はい！」

直哉は鮮《あざ》やかな西垣の手並みに、感心していた。

ミスしたことに対しては厳しく注意する。妥協して安易にすませたりはしない。しかし、そのことで簡単に切り捨てることもせずもう一度チャンスを与える。

それは、簡単にできることではない。他人を厳しく律するのも、またそれを許し庇うことも、自分に絶対の自信がなければできないことだ。

西垣がチーム内で厚い信頼を受けている理由が、直哉にははっきりとわかった。

そしてふと、自分が大きなミスをしたときにも西垣は自分を庇ってくれるのだろうかと考えてしまった。

答えはもちろんイエスだろう。西垣はたとえ嫌っている直哉に対しても、同じように自分の責任とするだろう。

それを思うと、直哉は何があっても自分で解決できないミスだけはしてはいけないのだと、云い聞かせた。

自分を嫌っている西垣を、そんな目に遭《あ》わせてはいけない。

そんな決心が、また彼自身を仕事へと追い込ませるのだった。

残業を終えて会社を出ると、見慣れたランドクルーザーが直哉を待っていた。

「直哉、こっち！」

助手席《ナビシート》で合図をしているのは、ゲイ仲間であり親友でもある啓太《けいた》だった。

「久しぶりだな」

直哉がリアシートに乗り込むと、運転していた啓太の恋人の安藤《あんどう》がルームミラーでちらと彼を見た。

直哉の会社の近くまで来たので一緒に食事をしようと、啓太が電話をくれたのだ。

安藤は馴染みの店の前で二人を降ろして、自分は少し離れた駐車場まで車を回した。

「安藤ちゃんは、ほんと紳士だねぇ」

テーブルに着くなり、直哉はそう云った。啓太は軽く肩を竦める。

「そんなことより…。直哉さ、たまには電話くらいしろよ」

「…ごめん」

妙に素直な直哉だが、啓太といるときはいつもそうなのだ。啓太の前では一番リラックスすることができる。

「…痩《や》せたんじゃないか」

片方の眉を引き上げて、啓太は直哉を覗き見る。

「そんなことないって」

「ちゃんと食ってる？」

「食ってるさ」

「じゃあ、ちゃんと遊んでる？」

「何それ」

「最近クラブにも姿見せないし、ジムにも来てないんだって？」

その言葉に、直哉の動きが一瞬止まった。

「…仕事が忙しくてさ」

直哉は、啓太にも西垣の話はしていなかったのだ。僅かに口ごもる直哉に、カンのいい啓太は何かを感じ取った。

「急に忙しくなったみたいじゃないか。何かあったのか？」

「え…」

直哉が西垣のことを云おうかどうしようか迷っているところへ安藤が来て、啓太の隣に座った。

「いつものパーキングがいっぱいで、探し回ったよ」

「ちゃんと見つかった？」

「ああ。このあたりは路駐《ろちゅう》はやばいからな」

メニューに目を落としたまま答えると、安藤は店員に自分の分を注文した。

「啓太、直哉にあの話したか？」

安藤は煙草《たばこ》に火を点《つ》けると、啓太を見た。

「いや、まだ…」

直哉が目で促すと、安藤が話を引き取った。

「直哉に紹介したい奴がいるんだけどさ、どうかな」

「安藤の後輩でさ、すっげえいい奴なんだ」

な？　と同意を求めるように安藤を見る。しかし直哉はまったく乗り気ではなかった。

「…せっかくだけど…」

「え、何だ？　おまえ、誰か新しい相手いるのか？」

啓太の口調はちょっと尖《とが》っていた。新しい恋人ができたのに親友の自分が紹介もされていないことに腹を立てたのだ。

「違うよ。けど…今紹介してもらっても仕事が忙しくて会う時間もないんだよな。ちょっとタイミング悪いよ」

「そんなこと云ってたら、何もできないだろ」

「だって、付き合い始めって一番大事だろ。そんなときにスレ違いばっかりだとうまくいかないよ」

「そんなの試してみなきゃわからないじゃないか」

「けど、それって相手に失礼だと思うけど」

「失礼とかそんなこと…」

「啓太」

二人の会話を黙って聞いていた安藤が、口を挟む。

「直哉はその気がないって云ってるんだ。無理強《むりじ》いするな」

啓太をたしなめる。啓太ははっとして口を噤《つぐ》んだ。

安藤は顎髭《あごひげ》をちょっと触って、ちらと直哉を見る。

「…直哉、啓太はそいつのこと気に入ってんだよ。だからぜひおまえに会わせたかったんだ。けど直哉にその気がないのに、いくらこっちが云ってもな」

啓太はちょっと拗《す》ねたように唇《くちびる》を尖らせた。

「だって直哉ってば最近仕事ばっかりだろ。クラブにだって来ないし…。そりゃ仕事に熱中するのはいいよ。けど、なんかここのところ余裕がないみたいじゃん。そういうの、直哉らしくない……」

啓太は本気で直哉を心配しているのだ。その気持ちは直哉にも充分通じている。

しかしさっきのタイミングを逃《のが》してから、西垣との話を誰かに聞いてもらおうという気持ちはなくなってしまっていた。

もともと、直哉は相談ごとを誰かに持ちかけたことはない。啓太たちを信頼していないわけではないが、自分の悩みを他人に聞いてほしいと思ったことがないのだ。

しかし直哉のそうした性格をよく知っているからこそ、根がお節介な啓太はよけいに心配してしまう。

「なあ、一度だけでも会ってみないか？　イヤなら断わればいいんだからさ」

「啓太、直哉は失恋したばっかりなんだよ」

いきなりの安藤の言葉に、直哉はぎくりとした。それに気づかなかったのか、安藤は煙草の灰を弾《はじ》きながら続けた。

「だから当分男はいらないって。仕事に没頭して忘れようってわけだ。なあ？」

半分冗談のように云う安藤を、啓太は睨《にら》み付けた。

「いいかげんなこと云うなよ」

「けど、それあたってるよ」

「直哉まで！」

からかわれたと思って、啓太はぷんぷん怒っている。

直哉は、安藤はもしかしたらわかって云っているのかも知れないと思ったが、それを聞くのはやめておいた。

なんとなく気分が解《ほぐ》れて、西垣とのことも今だけは忘れられそうだった。

直哉は二人の思いやりに感謝した。


彼らの新しいプロジェクトは、社内でも話題になっていた。

そのミーティング中、直哉はいつものように黙って話を聞いていた。

表情は殆ど変えなかったが、西垣の構想はやはり魅力的で、直哉は自分の中の何かが沸《わ》き立ってくる感覚にぞくっとする。

こういうときに、このポジションを手放せないと強く思う。

「おっと、もうすぐ昼休みだな。昼メシ奢るぞ」

わっと歓声《かんせい》が上がる。

「グリーンリーフにテーブルを予約しておいた。先に行っててくれ」

西垣は部下をよく食事に連れていっていた。が、直哉に声がかかったことはない。

ランチに出る皆を気にも留めずに、直哉は自分の席に戻った。

それを見て、新人の一人が、小声で同僚に聞く。

「…杉山さんは来ないんですか？」

「え、ああ。いつもだろ」

その返事に彼女はちょっと眉を寄せた。

「…杉山さんと西垣チーフって、本当に仲悪いんですか？」

新人の疑問に、他のメンバーたちがちょっと目を合わせた。

「あ、そうか。まだ知らなかったんだ？」

「何を」

「杉山さんがゲイ嫌いで、西垣さんを侮辱《ぶじょく》したようなこと云ったって話だよ」

「杉山さんが…？」

同じチームにいる人間は、西垣がゲイだということを知っていた。しかし誰も口外しなかったので、社内ではあまり知られていないことだった。

「杉山さんってときどきすごく冷たいとこあるじゃない。そのくらいのこと云いそう」

「そうそう、島津さんがミスしたときだって容赦なかったもんなあ。全然相手の気持ちとか考えない人だよ」

「あの二人、仕事してるときはすごく強い絆《きずな》みたいなものを感じるんだけど、プライベートではまったく無視よね。特に西垣さんが無視してるみたい」

「だからそれだけひどいこと云われたってことだろ。西垣さんは懐《ふところ》の広い人だ。部下の失敗を自分が被《かぶ》る上司なんてなかなかいない。そんな人が、あそこまで露骨《ろこつ》に嫌うってのはそれなりの理由があるって考える方が自然だと思うよ」

彼らが西垣を信頼している以上、対立する直哉が悪者にされるのは仕方なかった。

「そりゃ彼が仕事できるのは認めるし、頼めばこっちの仕事だって手伝ってくれる。だから仕事上では何の問題もないよ。西垣さんだってそれは認めてるわけだろ？　けど、それ以外の付き合いを考えると、俺は遠慮したいね」

この社員は西垣を無条件に信頼してるから、直哉に対して手厳しかった。

「そうよね。相手を傷つけても平気だって人とはちょっとね…。だいたい、彼自身が他人と関わる気がないみたい。にこりともしないでしょう？」

「そうそう。なんか俺たちのこと気に入らないってのが伝わってくるんだよな。俺らが西垣さんを全面的に支持してんのが気に食わないのかもね」

「そこまで嫌ってるの？」

「あの人前から無愛想だったけど、前に一緒にやってた奴が最近はなんかピリピリしてて声かけられないって云ってたからなあ」

「それでよく一緒に仕事できるよな」

「あんな欲のなさそうな顔して、意外に出世したいのかも。それには西垣さんにくっついてる方がトクってことかな。計算高くてなんかイヤだわ」

悪口というのはどんどんエスカレートしていくものだ。それでも直哉が仕事上はべつにして人柄はまったく彼らに信頼されていないのは確かなようだった。


納期を一週間後に控えて、西垣のチームは土曜日なのに出勤していた。

直哉は何とか予定していたところまでを片付けて、ファイルを送信している間に食事をすませてしまおうと部屋を出た。

財布を車に置き忘れていたことを思い出して駐車場に戻る。

いつもは車でいっぱいの駐車場もさすがに休日出勤している社員は少ないらしく、ふだんは電車通勤の直哉も空いているスペースを使わせてもらっていたのだ。

ふと、西垣の声が聞こえたような気がして、なんとなく振り返ると、すぐ近くの車にもたれかかって、西垣が誰かと親密そうに話をしていた。相手は社内では見かけない顔だった。

あまり他人の顔を覚えていない直哉だったが、彼を見たことがないことは断言できた。それほど目立つ整った容姿の男だった。

西垣の手がその彼の首にかかったと思ったら、引き寄せてそのままキスをした。それを目撃した直哉は、ショックで身体《からだ》が硬直してしまった。

ふと二人が直哉の存在に気づいて、それに反応した直哉が慌てて目を逸《そ》らすと、聞こえよがしに西垣の声がした。

「露骨だねえー。なんか俺ら、バイキンみたい？」

キスシーンを目撃しただけでも打ちのめされているというのに、西垣の言葉は直哉に追《お》い討《う》ちをかける。

「おい、まずくないか？」

「平気、平気。彼知ってるから。ほら話したことあるだろ。ゲイ嫌いの杉山くんだ」

「あ、彼が？」

「そう。仕事は文句なしなんだけどね、人間性にちょっとばかし問題アリなんだ」

直哉をからかいながら、二人でべたべたしている。

いたたまれずに、直哉はそのまま車に乗り込んで駐車場を出た。

初めて見た西垣の恋人に、直哉はすっかり動揺していた。たとえ付き合っている相手が居るだろうことがわかっていても、見たことがなければ誰かが彼を独占しているという事実から目を背《そむ》けることができた。

しかし、こうして目《ま》のあたりにすると、自分でもどうしようもないほど落ち込んでしまった。

西垣がフリーだろうがフリーでなかろうが自分には何も関係ないことはわかっていても、やはりどこかでほんの僅かな期待があったのだろうか。もしそうならお笑いぐさだ。

彼は自分を軽蔑《けいべつ》しているだけだ。西垣にとって、自分は何をしても不愉快な対象でしかない。

それにあんなに素敵な恋人が居るのなら、直哉は最初から完全に対象外だ。

それからも、直哉は何度か西垣の恋人を見かけた。

近くで仕事をしているのか、ランチタイムに待ち合わせて一緒に食事しているところも目撃してしまった。

それまでそういうことがなかったことを考えれば、もしかしたら二人は最近付き合い始めたのかも知れない。

そんなことを考える自分に、直哉は苦笑してしまう。

それにしても、彼らはどこで知り合うのだろうか。まったく羨ましい限りだ。

そんな二人を見て、直哉はいいかげんに自分も他の誰かと付き合うべきではないかと思うようになっていた。

最近クラブに寄り付かなかったのは、実は西垣とばったり会うようなことがありうると考えたからだった。

啓太から付き合いが悪いと云われるのも、実は西垣が原因なのだ。

それでも、直哉は仕事が充実していれば恋人など居なくてもかまわないと思っているところがある。

啓太たちを見ていると羨ましいと感じることがないでもないが、西垣との仕事の楽しさは直哉にとってはそれ以上のものなのだ。

西垣のものの考え方、大胆なアイディア、それを聞くのは何より楽しかったし、それが一番に聞くことができるという環境だけは手放したくなかった。

相手が自分を嫌っていようが、彼の豪快さや発想の豊かさ、それに気持ちのいい笑顔も、みんな好きなのだ。

その思いを伝えることができなくても、それは大した問題ではない。

彼と一緒に仕事ができる幸運を、大事にしたいのだ。

万が一クラブで出くわしてゲイだと知られたら、西垣はきっとパートナーとしての自分も切り捨てるだろう。それが怖くて、直哉は自分の交遊関係をどんどん狭《せば》めていったのだった。

それが思わぬところに、落とし穴があった。


啓太のバースデイパーティで、招待者は仲間うちだけのはずだった。

面倒見のいい啓太は、フリーの直哉のために、何人かの男を見つくろってくれていた。

久しぶりだったので、直哉はちょっとハメを外していた。アルコールが回って、啓太に紹介された男の一人とかなり危ない雰囲気になっていた。

直哉は酒に弱く、量が過ぎるとちょっと開放的になってしまう癖《くせ》がある。

しかも、もう何ヶ月も一人寝が続いていたこともあって、今夜くらいはいいんじゃないかという気になってきていた。

男の唇が首筋に埋まるのを、うっとりとした表情で受け入れる。ときどき何か耳元に囁《ささや》かれて、直哉の唇がうっすらと綻《ほころ》ぶ。

今夜はこの男と過ごしてもいいなと思っているところへ、啓太がカップルを連れてきた。

「直哉、安藤の友人を紹介するよ」

云われて振り返って、ぼんやりした頭で相手を見る。

「杉山…」

その瞬間、直哉はいっぺんに酔いが醒《さ》めてしまった。

「な、なんで…」

そのカップルは、西垣とその恋人だった。

「え、何？　知り合い？」

啓太の言葉に、その場に立ち竦んでいた西垣が苦笑を浮かべる。

「…会社が同じなんだ」

「へえ、そりゃ偶然…」

啓太が云いかけたとき、直哉はさっきまで好きに触らせていた男をいきなり振り払って、慌てて立ち上がった。

「オ、オレ、帰る…」

「え、直哉？　何だ、どうした？」

事態が呑み込めない啓太は、上着を探す直哉を引き留めにかかる。その彼らの背中に、西垣は容赦ない言葉を投げ付けた。

「彼はね、会社では自分がホモだってのを隠してたんですよ。それだけならともかく、俺が同類だってわかるとそれでバレるのが怖かったのか、俺がホモだってのを非難してたんですよ。そりゃ立場ないでしょう」

ずけずけとそう云った。

それに啓太はカチンときた。聞き捨てならないと思ったらしい。

「直哉が？　そんなことはないだろう」

啓太は反射的に返していた。

啓太は直哉とは高校のころからの付き合いだが、今まで彼が自分がゲイだというのを隠したことがなかったのを知っていたのだ。

「こいつ、学生時代はゲイ映画祭のスタッフやってたんですよ。バレたくない奴がそんなことしないでしょ？」

「…就職して企業に入ったら、それまでの考えのままではなかなかいられないからな。そういう奴、いくらでもいるぜ？」

「そりゃそうだけど、でも直哉は違うね。こいつはそんなやり方ができる奴じゃない」

啓太は、直哉が侮辱されると自分まで侮辱されたような気になって、黙っていられなかった。

しかし、西垣の方も直哉を全面的に信頼して庇おうとする啓太に敵意のようなものを抱いた。

「あんたの前じゃどうかは知らないが、会社の中で彼が何してんのか、あんた知らないんだろ？

俺は毎日非常に不愉快な思いをしてるんだよ」

「それは、あんたが…」

云いかけた啓太を直哉が止めた。

「啓太、もうやめてくれ。この人が云ってることは全部本当なんだ」

「直哉…」

「全部、本当なんだ」

直哉は繰り返した。

そう、彼が毎日不愉快な思いをしていることも、そして彼が自分を嫌いなことも。

「啓太、ごめん。今日はもう帰るよ」

「直哉…」

「西垣さん、不愉快な思いをさせてすみませんでした」

目を伏せたまま、頭を下げる。

西垣は何も云わなかった。


翌日、直哉は重い気持ちでタイムカードを押した。

たとえ今日休んでも、いつかは出勤しなければならないのだ。

「あら、杉山さんおはようございます。今日は早いですね」

「おはよう…」

「コーヒー淹《い》れましょうか？」

「いや、自分でやるから…」

もたもたとコンピューターを立ち上げる。

当たり前だが、昨日と何も変わっていなかった。

データもそのままだし、作りかけのプログラムも作りかけのままだ。

それでも、きっと近い将来、西垣は自分を切り捨てるだろう。もしかしたらそれはこのプログラムが完成したときかも知れない。

始業時間が近づいてきて、西垣の声が聞こえた気がしたが、モニターから顔は上げなかった。

ぼうっと画面を見ながら、昨夜の啓太からの電話のことを思い出していたのだ。


『…直哉、俺はあんな西垣とかの云うことなんか信じてないからな』

「啓太…」

『おまえがゲイだってことを隠したり、バレそうになったからって同じ仲間を逆に非難したりなんて、そんなことしたなんてどうしても信じられないんだ』

「啓太、俺もなんでこんなことになっちゃったのか、わからないんだ。ちょっとだけタイミングが悪かっただけなんだ…」

そう云って、直哉は西垣がカン違いした経緯《けいい》を話した。

『何だよ、それじゃあ直哉が何か云ったわけじゃないんじゃないか』

啓太は安心したらしかったが、同時に西垣に対して憤慨もしていた。

「けど、俺のそのときの顔が、西垣さんにはそう見えたんだよ。自分でもどんな顔してたのかわからないけど」

『なんですぐに訂正しなかったんだ？　奴もゲイだってことなら簡単じゃないか』

直哉はそのときのことを思い出すと、今でも胸が痛む。それでもここまで話した以上、啓太には聞いておいてもらいたかった。

「…心配しなくても、俺みたいなのはタイプじゃないから、間違っても手は出さないって云われたんだ」

『ひっでえ！　何だよ、西垣ってのは。ちょっとかっこいいからって何さまだと…』

「啓太、俺、彼が好きだったんだ…」

『……』

啓太は押し黙ってしまった。直哉の気持ちが痛いほどわかったのだ。

「今でも好きなんだよな…」

『直哉…』

「安藤ちゃんは西垣さんの恋人と知り合いだったんだな」

『え、あ、まあ…』

「司《つかさ》とかいったっけ。そりゃあんな綺麗な奴が好みなら俺に手ぇ出すわけないよな…」

自嘲《じちょう》を洩らす。啓太は涙が溢《あふ》れてきた。

『…直哉、あんな奴忘れちゃえよ。俺がもっといい男紹介してやる』

涙声になっている。直哉は啓太の気持ちが嬉しくて、自分も泣けてきた。

「うん。安藤ちゃんみたいな人がいいな」

直哉は安藤を尊敬さえしていた。

見た目は髭面《ひげづら》でちょっとおやじくさいが、あったかくて厳しくて、懐の深いできた人間だ。

『あんなのでよかったらいくらでもいるぜ』

「そうかな」

『そうさ！　俺に任せとけって』

「頼もしいな…」

「…さん、杉山さん！」

モニターの前に綺麗にマニキュアを塗った手が突如《とつじょ》現われて、直哉はようやく誰かが自分を呼んでいるのに気づいた。

「ああ、何…？」

「西垣さんが第一会議室に来てくれって」

直哉は黙って頷くと、急いで会議室に向かった。

西垣が自分を呼んだことが昨日のことに関係しているのは明らかだ。顔が緊張で強張るのがわかる。

ノックをすると、中から入室を促す声が聞こえた。

「早速《さっそく》で悪いが、明日から野口《のぐち》をきみの下に付けようと思う。面倒見てやってくれるか？」

野口は、直哉より一年後輩のプログラマーだ。つまり早くも後釜《あとがま》を見つけてきたということだ。

西垣は直哉に引導《いんどう》を渡したのだ。

「…わかりました」

絶望感でいっぱいの気持ちを抑《おさ》え込んで、直哉は頭を下げた。

「他に云うことはないのか？」

「え…」

「杉山、俺は残念だよ。きみとはいい仕事ができたと思っている。これからもできるかも知れない。けど、俺はもうきみを信用できない。二重に嘘をつかれて、どうやって信じろと云うんだ？」

「……」

「裏切られたものの気持ちが、きみにはわかるか？」

直哉は西垣の顔を見られなかった。

結局、西垣には最後まで本当のことが云えないのだ。

「…心配しなくても、きみのことを他の社員にバラしたりはしないよ。きみが俺を裏切ってまで隠し続けてきたことなんだからな」

直哉は唇を嚙《か》んだ。

西垣にバレさえしなければ、他の誰にバレてもかまわなかったのに。

「今の仕事、いつごろ終わる？」

「…予定通り行けばあとふた月ほどです」

「ふた月か…」

西垣は憂鬱《ゆううつ》そうな顔をした。恐らく一日も早く直哉とは関係を断ちたいのだろう。

「…できるだけ早く完成させます」

「そうしてくれ」

西垣は大きく溜め息をついた。

直哉は、黙って一礼すると部屋を出た。

これが西垣と個人的に話すのは最後だと、直哉にはわかっていた。


野口はなかなか優秀なプログラマーだったので、直哉は彼に特に教えたりということはしなかった。

直哉もそうだが、それなりにキャリアがあれば自分のやり方というものができてくるので、他人が何かを教える必要などない。

要するに、教えるというのは引き継ぎという意味に過ぎない。

それでも、野口に手伝わせた仕事をチェックすることは、自分でそれを作ることよりも面倒なのは違いなかった。

それをこなしながら、毎日遅くまで残ってコンピューターに向かう。週末は持ち帰って自宅のパソコンで仕事をした。

一日でも早くと思う一方で、西垣との最後の仕事だから自分にできる最善のものにしたかった。

その思いで、納得できるまで何度もプログラムを書き直す。

手はいくらかけてもかけすぎということはない。つまりそれだけ時間もかかる。

寝る時間も惜《お》しんで、直哉はその仕事にのめり込む。

それにはさすがに周囲からも心配する声は上がっていて、西垣にも届いていた。しかし西垣は何もしようとはしなかった。


その日、直哉は時間になってもミーティングに現われなかった。

西垣は彼を待つことはせずにさっさと開始させた。その十五分後くらいに、庶務課から内線が入った。

たまたま電話に一番近かった西垣が受けた。

『杉山さんの代理と仰《おっしゃ》る方からのお電話です』

「代理？」

西垣が訝《いぶか》しげに聞き返すと、外線に切り替わった。

『私、福井《ふくい》といいます。杉山さんの事故の相手なんですが…』

「事故？」

西垣の声が緊張する。それが部屋中に広まった。

『杉山さんは今病院に運ばれたばかりで、とりあえず会社に連絡しておいてほしいと頼まれまして…』

「え…？」

通勤途中、直哉はいきなり飛び出してきた車に引っかけられてしまったのだ。

『杉山さんご本人からあとで連絡が入ると思いますが…』

たとえ今日が無断欠勤であったとしても事情を聞けば誰でも納得するだろうに、わざわざ搬送《はんそう》される前に連絡を頼む直哉に、西垣は強い責任感のようなものを感じた。

電話を切ると、他の社員も心配して口々に直哉の状況を聞いてくる。

西垣自身、自分の責任を感じないわけではなかった。

事故の相手は自分が左折の原付に気を取られていたせいだと云っていた。しかし直哉が疲れていたせいで避《よ》け切れなかったという可能性がないとは云えない。

直哉を追い詰めてしまった自覚があるだけに、なぜ彼に対してそこまでしてしまったのかを、西垣はこのときになって初めて考えていた。

病室で西垣の姿を見たときには、さすがに直哉も驚いた。

検査のため一日だけ入院することになってしまったが、どこも異常がないということで既に帰宅の用意をしていたところだった。

「もう帰れるのか?」

「…はい」

「送ろう」

「え…」

「ちょうどT社に出かける用があるんだ。きみのマンションの近くを通るから、送っていくよ」

「あの、このまま出社できるって連絡しておいたんですが…」

「そんなに無理することないだろう。今日くらい休め」

「いえ、昨日ゆっくり休みましたから。それにヒビが入っただけで、休むほどのことじゃありません。ちょっと大袈裟ですけど、松葉杖《まつばづえ》借りたので歩けます」

直哉は淡々と返す。自分の感情を悟られたくなかったのだ。しかし西垣にはそれが気に入らないようだった。

「…きみが今日も出勤するようなことを云うから、部長が俺に家に送り届けるようにさせたんだよ。最初から大人しく休んでくれれば、そんなことする必要もないんだ。面倒かけんでくれ」

直哉は思わず俯《うつむ》いてしまう。

「…すみません」

「とにかく今日はもう帰った方がいい」

しかし直哉は意外に強情だった。

「いえ、大丈夫です。そのために杖借りたんですから」

直哉は不器用に杖を使って、廊下を歩く。西垣は肩を貸そうとしてやめた。

「おまえ、顔色悪いじゃないか。今日はもういいから休め。またどこかで倒れでもされたらたまらん」

溜め息混じりに云われて、直哉も少しカチンときた。

「ちゃんと健康管理してます。今回の事故は偶然です。俺じゃなくてもあの車を避けるのは無理でした。今日も明日もきちんと働けます」

反撃されて、西垣はふだんから直哉に対して持っていたわだかまりが爆発した。

「…誰のせいでプロジェクトが中断してると思ってるんだ？　残業が続いてるからって何でも許されると思うなよ」

その言葉に、直哉の表情は強張った。

「どうせ自分が一番損をしてると思ってるんだろう。事故だから自分には責任がないとでも云うつもりか？　このくらい大目に見てもらって当たり前だって」

西垣の云っていることは無茶苦茶だった。直哉のおかげで予定よりもずっと早く進んでいるのだ。

しかし西垣も自分の云っていることが云いがかりでしかないことはわかっている。わかっていながら理不尽なことを平気で云っている自分にも腹が立って、それをまた直哉にぶつけているのだ。

「何もかも俺のせいだと思ってるんだろう。俺が仕事を急《せ》かして野口の面倒まで見させるから、時間が足りないんだって。だが、なんでこうなったのか考えてみろよ。全部おまえが招いたことじゃない……」

そこまで云って、西垣は言葉を止めた。

直哉が唇を震わせて、泣いていたのだ。

「…西垣さん、俺がなんで隠したのかわかりますか？　俺は貴方にだけは知られたくなかったんですよ」

直哉は涙を拭《ぬぐ》おうとはせずに、続けた。

「俺なんかに絶対に手を出さないと云い切った貴方に、俺を嫌ってる貴方に、本当は俺と仕事なんかしたくなかった貴方に。俺は絶対に知られたくなかった。だって、俺はその前から西垣さん

が好きだったから。ずっと今でも好きだから…」

直哉は鼻を啜った。

「貴方を好きなことを、知られたくなかったんです。自分がゲイなんてことは他の誰にバレても、少しもかまわなかった。貴方にさえバレなければね…」

視線を逸らして、大きく息を吸う。

「俺は貴方と仕事できただけでも幸せでした。だから、今の仕事もきちんと仕上げたいんです。そのためには僅かな時間でも惜しい」

「……」

「仕事させてください」

直哉はもう泣いてはいなかった。

西垣は黙って彼に肩を貸した。


直哉は妙に晴れ晴れとした顔で、仕事に戻った。

それは今までの直哉とは明らかに違っていた。声をかけにくい雰囲気がまったくなくなっていたのだ。

そんな直哉に気づいて、新人の女子社員が一番に声をかけた。

「杉山さん、手伝いますから何でも遠慮なく云ってください」

直哉はちらと振り返って、そしてにっこりと微笑んだ。

「…そうだな。それじゃあ、このファイルを整理してもらえるかな」

今までの直哉からは考えられないほど素直な反応に、声をかけた本人も驚いた。

「え…」

「ちょっとやりかけてるから、最初のを見てもらったらわかると思うけど…」

そう云って彼女に説明を始める。それを他の社員が驚いたように見ている。

「病院で、妙な注射でも打ってもらったんじゃないのか？」

「けど、すごい感じいいじゃない」

「西垣さんと仲直りでもしたのかなあ」

「仲直りって、子供じゃないんだから…」

「なんか可愛《かわい》くないか？　笑うと…」

「うん。私コーヒー持ってってあげよう」

そうしてなんとなく直哉の周りに人が集まっていく。

西垣は少し離れたところから複雑な気持ちで直哉たちを見ていた。

彼からあの笑顔を取り上げたのは、自分だったのだ。そのことに気づいたのだった。

「…それで終わり？」

直哉は啓太に迎えに来てもらって、そのあと買い物にも付き合わせて、部屋に寄ってもらって、食事まで作ってもらったのだ。

「何だよ、終わりって…」

「だって、西垣は直哉に謝りもしなかったのかよ」

「いいじゃないか、今更そんなこと…」

ぼそぼそと返して、スズキのホイル焼きをつつく。啓太の料理の腕前はプロ級だ。

「甘いね、直哉は…。そんなことだから相手がつけ上がるんだよ」

「べつにつけ上がってないだろう」

「だいたい、送り迎えくらいあいつにさせろよ」

「だから！　西垣さんはそうするって云ってくれたのを俺が断わったんだって、云ってるだろう」

「いいじゃん、やらせろよ」

直哉はキッと啓太を睨み付ける。

「頼めるわけないだろう。向こうはもう俺が彼のこと好きなの知っちゃったんだよ。無茶苦茶気詰まりじゃないか」

拗ねたように唇を噛む。

「…西垣はそのことで何か云ってたか？」

直哉はぶんぶんと首を振った。

「そっか…」

「そんなの最初からわかってたことだからさ」

「まあな」

直哉はちょっと目を細めて啓太を見た。

「いいよなあ。啓太には安藤ちゃんが居てさ」

「直哉…」

「大事にしろよ」

啓太はそう云った直哉をがしっと抱きしめた。

「おまえにも絶対いい相手見つけてやる」

「うん…」

直哉は何度も西垣に対して失恋を繰り返してきた。しかし、それももう最後だ。

「直哉、飲もう！　俺も付き合ってやるから」

「おまえ、いい奴だなー」

直哉は啓太に抱き付く。

とっておきの大吟醸《だいぎんじょう》を開けて、二人で朝まで飲み明かした。


「安藤ちゃん、毎朝悪いね」

「どうせ通り道なんだ。気にすんなって。それよりこれ、啓太から」

後部座席から弁当の包みを取り出して、直哉に渡す。

「ありがとう。俺もう二人に頭上がらないな」

安藤は建築現場の現場監督で、今の仕事場が直哉の会社の近くということもあって、毎朝寄ってくれていた。

啓太は安藤の弁当を作るついでにと、まだギプスの取れない直哉の分も作ってくれた。

「啓太の弁当食ったら、コンビニ弁当が食えなくなるよ」

直哉はいそいそと弁当を鞄《かばん》にしまい込む。そんな彼を安藤はちらと流し見る。

「直哉、遠慮しないで夕食も食いに来いよ」

「うん。けど、これ以上二人にあんま迷惑かけたくないし…」

「迷惑だったら誘わねえって。おまえはあんまり自覚ないみたいだけど、俺は直哉には感謝してもしきれねえ恩があると思ってるんだ」

「安藤ちゃん…」

「あんたが居てくれなかったら、俺と啓太はとっくに別れてた。そしたら俺は一生後悔することになってただろうよ」

直哉はちょっと驚いて安藤を見上げた。

「…そんなふうに思っててくれてたなんて…」

「ずっと思ってたさ。俺にとってあんたはかけがえのない人間なんだ。今度は俺たちが直哉の力になる番だ」

「そんな…。今までだって、安藤ちゃんはいつも俺の力になってくれてたよ。今だって二人が居てくれるから、俺はこうしてちゃんと仕事に行けるんだ。一人っきりで乗り越えなきゃならなかったら、もうとっくにギブアップしてたよ」

直哉は滅多《めった》に弱音は吐《は》かない。だから西垣とのことで、自分たちが考える以上のダメージを直哉は負《お》っていたのだろうと安藤は思った。

「…関係ないことかも知れないけど、司と西垣、別れたらしいぞ」

「え…」

「司が振られたらしい」

「……」

直哉は安藤が何を云おうとしているのかわからなくて、小さく眉を寄せた。

「司はいつもたいてい自分が振る方だから、そのことをやたら怒ってたな」

「…そう。でも俺には関係ないと思うよ」

「そうか?」

「そうかって。それじゃあ安藤ちゃんは関係あると思ってるわけ?」

「いや、俺は何も知らないから」

「関係あるわけないじゃないか。西垣さんは俺が嫌いなんだよ」

「それは、ゲイだってのを隠してる直哉がだろ?」

「タイプじゃないって云われたんだぜ。最初に!」

直哉は興奮していた。そんなふうに蒸し返されたくなかったのだ。

「わかったよ。よけいなこと云った。ごめん」

「…安藤ちゃんはさ、好きな人間から嫌いだって云われたことないから、俺の気持ちなんかわからないんだ」

「直哉、そんなこと云うなよ。俺だって若いころはノンケにのぼせて辛い思いしたことくらいあるよ」

「そうか。俺はもてまくってる安藤ちゃんしか知らないからな」

「いつ俺がもてまくったよ？」

「俺、あんたを紹介してくれって頼まれたの一度や二度じゃないよ。もちろん啓太がいるからってちゃんと断わってるけど」

「それを云うなら、俺だって今まで何人直哉に男紹介したっけ？　おまえ、端から振ってくれたよなあ」

「そ、それは、あんたがいい男紹介してくれないから…」

「その選《え》り好《ごの》みする姿勢がよくないんだ」

二人がくだらない云い合いをしているうちに、車は会社の前に着いた。

「ここでいいか？」

「あ、ありがとう」

「帰りはどうする？　八時ごろなら寄れるけど？」

直哉はちょっと苦笑した。

「八時なんてとてもとても。大丈夫だよ。まだタクシーチケット残ってたから」

云いながらシートベルトを外す。

「ま、元気だせよ」

安藤はそう云うと、直哉の髪をくしゃくしゃと撫《な》でた。

直哉はわざと彼を睨み付けて、車を降りる。

それでも振り返って、彼に片手を上げてみせた。


時計を見ると、もう十一時を回っていた。

さすがに帰り支度《じたく》を始めると、西垣が部屋に入ってきた。

「俺もちょうど帰るとこだ。送ろう」

「…いえ。一人で帰れますから」

「ジープの男が迎えに来るのか？」

「え…」

「俺の申し出は断わって、新しい男に送り迎えしてもらってるみたいだな」

直哉は西垣が急にそんなことを云い出した理由がわからなかった。

「彼は、友人の恋人です。ついでだから乗せてもらってるだけです」

西垣はそれでもまだ納得できないようだった。

「そいつの車になら乗れるが、俺のには乗れないってことか」

直哉はふっと目を細めた。

「西垣さん、そういう云い方すると、まるで貴方が俺の友人に嫉妬《しっと》してるみたいに聞こえますよ」

直哉は西垣が怒るのを承知で、わざとそういう云い方をした。

「嫉妬だと？」

「そう聞こえると云っただけです」

「バカな。俺は…」

云いかけた言葉を、直哉は遮《さえぎ》った。

「知ってます。貴方は俺が嫌い。俺なんかタイプじゃない」

直哉は哀《かな》しそうに笑った。

「知っていても、俺は期待しちゃうようなバカな奴なんです。だから間違ってもそういう誤解させるような云い方はしないでほしいんです」

「杉山…」

「貴方の車に乗れない理由は、俺が貴方を好きで、貴方が俺を嫌いだからです。義理で親切にされても辛いだけです…」

そう云って松葉杖をついて西垣の前を横切ろうとしたそのとき、突然西垣が直哉を抱き寄せた。

乾いた音をたてて、松葉杖が転がった。

「な…！」

驚いて抵抗しようとする直哉に、西垣は強引に口づける。

どうして？　と思ったときには、身体中の力が脱けていた。気が付いたら、入り込んでくる舌に自分の舌をからめていた。

こんなキスは、初めてだった。

「あんたの云う通り、俺はあいつに嫉妬してるんだ」

「え…」

直哉はまだ頭の芯《しん》がぼうっとしていて、この事態を捉え切れずにいた。

「俺はどうやら、あんたが好きらしい」

直哉の眉がみるみる寄った。

「なんで、今更そんなこと…」

「今更とか云われてもなあ」

「…俺のことからかってるんだ」

直哉はパニックして西垣から逃れようとする。それを西垣は強引に押さえ付けた。

「杉山、ちょっと聞けよ」

「離せよ…」

「聞いてくれって」

懇願《こんがん》するような西垣に、直哉は抵抗をやめた。こんな西垣を見たのは初めてだった。

「…あんたのことは最初に見たときから気になっていた。なにしろあんたはもろに俺の好みだったからな」

「う、そ…」

西垣は苦笑して、直哉のために椅子を引いて座るために手を貸してやった。そして自分も隣のデスクの椅子を移動させて、直哉の前に座る。

「同じ職場でやばいとは思ったが、そっちもまんざらでもなさそうだったから、これはもしかしてと期待してたんだ。それがあの告白であんたがああいう反応をしたので、思わずかっとしてつい逆のことを云ってしまった」

「え…」

「俺はとにかく、あんたを嫌な奴だと思い込むように自分に暗示をかけてしまった。それでもあんたのことを意識してしまう自分が腹立たしくて、よけいに冷たい態度を取ったんだ」

「……」

「あんたを傷つけているときも、ずっとあんたが好きだったんだ…」

直哉は混乱したように、頭を振った。

「…俺は、貴方から打ち明けられたときに、同類だってことで喜ぶより先に、信じられない、こんな都合のいい話があるわけがない、そんな思いの方が強かった」

一旦言葉を止めて、大きく息をついた。

「だって俺はこの課に配属されたときから、貴方が好きだったから。でもそんな思いがどうとかなるなんて、一度だって思ったりはしなかった」

「それで、あんな変な顔をしたのか？」

直哉の眉が寄った。

「変な顔って、自分じゃどんな顔してたのかわからないよ」

「戸惑ったような咎《とが》められているような、なんかそういう気がした」

「…ごめん」

謝る直哉を、西垣は目を細めて見る。

「なんであんたが謝るんだ」

「だって、俺が変な顔しなけりゃ…」

「勝手にカン違いしたのは俺だ。しかも俺はあんたに言いわけするタイミングも与えなかった。

そうだろ？」

「西垣さん…」

西垣は直哉の椅子を自分の方に引き寄せた。

「すごく後悔してるよ。今までにもホモだってことで差別する奴はいたけど、たいていは相手にしなかった。なのに、あんたのことだけは無視できなかった」

「……」

「なんで、あんなに腹が立ったのか、自分でもよくわからない。たぶん、思ってる以上にあんたに惹かれてたんだろうな…」

そう云われても、直哉はまだ状況を把握できていない。西垣は右手を伸ばして、短い直哉の髪を撫でた。

「さっき、まだ俺のこと好きだって云ったよな？」

戸惑う直哉にうっすらと笑いかける。

「俺に送り迎えさせてくれるだろ？」

囁いて、そっと口づけた。

啄《ついば》むようなキスを繰り返して、直哉の腰を引き寄せる。

「…司とはもう別れたんだ。あんた、俺のものにならない？」

余裕の笑みだった。絶対に直哉がノーと云わないのを知っているのだ。

「直哉って呼んでいい？」

耳を齧《かじ》りながら聞く。

「え、あ…」

「直哉がほしいよ…」

「あ、うん…」

「ここで、…いい？」

「え？　ここって、ここは、まずいよ」

急に直哉は焦《あせ》り出した。そんな彼を見て西垣はにやにや笑っている。

「大丈夫だよ。鍵《かぎ》は締めてるし、守衛の見巡《みまわ》りは一時までない」

「いや、けど…」

「悪いけど、俺もう限界なんだよなあ。さっきから、あんたときたら可愛すぎて…」

直哉の手を取って、ズボンの上から自分のものを握らせる。

「な？」

真《ま》っ赤《か》になっている直哉に、再び口づける。

また、何もかもどうでもよくなる、やばい薬のような、あのキスだ。

「ちょ、ちょっと…」

「黙って」

逃げる直哉の唇を追いかけて、執拗《しつよう》に味わう。直哉は早くも頭の芯が痺《しび》れてくる。

こんなところでなんて、とんでもない。しかも自分はまだギプスだって取れてないじゃないか。

そうは思っているのだが、判断力がなくなりかけている。

西垣は直哉を抱え上げて、デスクの上に座らせた。

「…直哉、ちょっとは抵抗した方がいいよ？」

直哉のズボンの前をはだけさせながら、意地悪く囁く。

「え…」

「俺なんかの言いなりになってたら、身体もたないよ」

そう云いながらも、下着ごしに彼の中心を愛撫する。

「に、西垣さん…」

思わず抵抗しようとして、簡単に西垣に阻止《そし》された。

「剛でいいよ。どうした？　気持ちいい？」

中心をしごきながら首筋を舐め上げると、直哉から短い声が洩れる。

「すげえ、色っぺ…。たまんねえな…」

西垣は一気に下着をずらすと、勃《た》ち上がった直哉のものを口に含んだ。

「う、わ…！」

直哉は腰を捩《よじ》ってその快感を伝える。

本当に久しぶりなので、すぐにでも達《い》ってしまいそうだった。

西垣のフェラチオは巧《たく》みで、直哉はそこがオフィスだということも忘れて、夢中で声を上げていた。

「…溜まってたみたいだな」

あっけなく達った直哉に、西垣は意地悪く囁く。直哉は真っ赤になって目を伏せた。

「それとも、よほど悦《よ》かったのかな」

にやにや笑うと、手の甲で唇を拭って直哉に口づけた。

フェラチオのあとにキスをされるのは嫌いだったが、西垣の口づけはそんなことも気にならないほど気持ちがよかった。

西垣はキスを繰り返しながら、直哉の後ろに指を入れる。

「あ、…」

デスクに押し付けられた直哉の背がのけ反った。

西垣の指が中で動くと、直哉の息は荒くなり身体中がめろめろに溶け出してくる。

「…ほしい？」

耳元に囁かれて、直哉は必死で頷いた。

西垣はギプスをしていない方の脚を抱え上げると、そこに自分のものを押し付けて挑発する。すぐ中には挿《い》れずに腰をくいくいと使って自分を焦《じ》らす西垣に、直哉は思わず抗議の声を上げる。

「や、早く…」

「早く、何?」

にやにやして直哉を見下ろす。直哉は眉を寄せて西垣を睨む。

「…そんな可愛い顔見せるもんじゃない」

西垣はそう囁くと、ぐいっと先端を潜り込ませた。

直哉は待ち焦《こ》がれたように、西垣を締め付ける。さすがに西垣も快感に顔をしかめた。

「直哉、まだ先しか入ってない。ゆっくり息を吐いてみろ」

云われた通りに締め付けを緩《ゆる》めると、次の瞬間奥まで西垣が入り込んできた。

「あ、あぁっ…!」

直哉は堪《こら》え切れずに声を上げた。

「…きついか?」

自分を心配げに見つめる西垣に、直哉は小さく首を振る。

西垣は直哉の髪をかき上げてやると、ゆっくりと腰を動かし始めた。

「や、あ、…！」

荒い息を吐きながら、自分の中の西垣を締め付ける。中が擦《こす》られる快感に彼の中心が硬く勃ち上がってくる。

「…いい？」

「あ、ああ…。もっと…」

西垣の腰使いは絶妙で、直哉はもうわけがわからなくなっていた。

「…もっと？」

「あ、ああ」

「欲張りだなあ」

からかうように云って、更に激しく突き上げた。

微妙に角度が変わって、不意に直哉の身体が大きくのけ反り、声にならない叫びが上がる。

「ここ、か？」

直哉の反応に気をよくして、西垣はさっきと同じ角度を執拗に攻める。

「わ、あ、はあっ…」

弱いところを攻め立てられて、その強すぎる快感に直哉は気が遠くなる。

「も、だめ…だ…」

直哉が小さく叫んだと同時に、二人とも達してしまった。

「…直哉、平気か？」

デスクの上でぐったりしてる直哉を、西垣が心配そうに覗き込む。

「あ…うん…」

西垣はいきなり彼を抱き上げると、接客用のソファに寝かせた。

「…ちょっと、あと片付けしてくる」

「え…」

「その間に、その挑発的な格好どうにかしといてくれ」

にやっと笑って、はだけた下半身を指差す。途端に直哉は真っ赤になった。

さっきまで、殆どためらいなど見せずに西垣の愛撫《あいぶ》をほしがったのと同じ人物とは思えない。

ふと、直哉は西垣が何の片付けをしているかに思い当たって、その生々しさに逃げ出したくなった。

デスクの上でやられてその上片付けまでさせて、西垣が戻ってきたらどんな顔をすればいいというのか。

とにかくこの場を離れなければ、そう考えて立ち上がった次の瞬間、床に転がってしまっていた。

「やっぱり場所は考えてやらないと…」

戻ってきた西垣が見たのは、ずりずりと自力でソファに這《は》い上がろうとしている直哉だった。

「何してんだ？」

直哉は恥ずかしさのあまり、死んでしまいたかった。

「つ、杖が…」

西垣は優しい目で直哉を見ると、抱き上げてソファに座らせて、顔を逸らそうとする彼にキスをする。

「…あんた、とんでもなく可愛いことするな」

直哉は首まで赤くして、目を逸らす。

「ここで続きしちゃおうかなあ」

にやにや笑うと、耳を嚙んで舌を入れてくる。

「に、にし、がき、さ…ん」

「剛だよ」

「あ、剛…」

西垣の目が愛《いと》しそうに直哉を見る。

「そう。あんた、ほんとに可愛いぜ。またまた食っちまいたい気分」

「剛、場所考えないとって、さっき…」

「何だ、あんなカッコしてててちゃんと聞いてんだな」

くすくす笑って、直哉から離れる。

「けど、本当にここはマズいな。さっさと帰ってゆっくりベッドでってのがいいな」

西垣がウインクを投げると、直哉の頬《ほお》がまたうっすらと紅潮する。

「俺の車で帰るだろ？」

「あ…」

「お友達とやらに、迎えは断わらないとな」

「西垣さん…」

直哉は泣きそうな顔をしていた。

「…直哉、俺でいいんだろ？」

真剣な顔だった。慈《いつく》しむような目だった。直哉はたまらず、自分から西垣に抱き付いていた。

「ずっと…、今も…、貴方のことだけ考えてた…」

西垣はやっと手に入れた従順な恋人に、優しくキスをした。

END

タイミング2

バスルームから濡《ぬ》れた髪をタオルで拭《ふ》きながら出てきた直哉《なおや》は、ちょっとぼうっとした顔でコーヒーの匂《にお》いのするキッチンを覗《のぞ》いた。

「…おはよう」

彼に気づいた西垣《にしがき》が、新聞から目を上げた。

「お、起きたか？」

冷蔵庫を開けようとする直哉を西垣は座ったままでちょいちょいと指で誘う。意味がわからず近づいた直哉の首に手を回して強引に引き寄せると、軽く口づけた。

「おはよう、のキス」

慌《あわ》てて自分から逃《のが》れようとする直哉に、にやりと笑ってみせる。

「…目が覚めた」

「それはよかった」

微笑《ほほえ》んで立ち上がると、直哉にミネラルウォーターを渡してやる。

「旨《うま》いブランチを作ってやるから、着替えてこいよ」

直哉はペットボトルから口を離すと、まじまじと彼を見た。

「西垣さんが…？」

「ああ」

「…えーとそれは、西垣さんが贔屓《ひいき》にしてる何とかってパン屋のパストラミサンドイッチを皿に載《の》せるって意味？」

西垣はおもしろくなさそうに男前な貌をちょっと歪《ゆが》めた。

「…作るって云《い》ってるだろ」

「けどここん家《ち》って、マナイタもなかったはずじゃ…」

「果物ナイフだけで充分だよ」

「……」

「とにかく、さっさと着替えてこいよ」

そう云って自信ありげに微笑む。

直哉は自分の上司でもある西垣と付き合い始めてまだ日は浅かったが、彼がまったく料理をしないことくらいは知っていた。

直哉もあまり料理はできないが、西垣はそれ以上だった。

朝トーストを焼いてチーズをカットしコーヒーを飲むのがせいぜいで、昼も夜も外食で自宅で食べることは滅多《めった》にない。存在だけは確認できた鍋《なべ》やフライパンも、使った形跡は殆《ほとん》ど見られなかった。

しかし直哉が昨日と同じシャツに着替えて再びキッチンに現われたときには、上等なオリーブオイルのいい匂いやトーストの香ばしい匂いに包まれていた。

「…うわあ」

直哉は思わず感嘆の声を上げた。

オレンジを搾《しぼ》っただけのフレッシュジュース。数種類の木の実の入ったライ麦パンの薄切りトースト。かりかりのベーコンとグリルしたトマトとマッシュルーム添え目玉焼き。そしてミルクのたっぷり入った紅茶。

まさに、正統派《オーソドックス》イングリッシュ・ブレックファストだったのだ。

「…で、ブランチだからこれを追加」

西垣がそう云って皿にあけたのは、トマトソース味のオイルサーディンの缶詰だった。

「鰊《にしん》の燻製《くんせい》といきたかったけど、いいのが見つからなくてな。この缶詰も先月ロンドン出張に行った高橋《たかはし》に土産《みやげ》がわりに買ってきてもらったんだ」

「へえ…」

「べつに何てことない、あっちじゃどこのスーパーにだって置いてる物なんだけど、日本じゃそこのトマトソース味ってのがなかなかないんだよなあ。あっても鰯《いわし》がデカくて、大味でちょっと違うんだ」

西垣が食べ物についてこだわりを見せるのは珍しい。直哉はそれを聞きながらジュースを一気に飲み干した。

「…なんかイギリスのホテルみたいだな」

西垣はそれににやっと笑って見せた。

「大学の三年のときだったかな。留学生と付き合ってたことがあって、夏休みにそいつの家に招待されたんだ。使用人が居るようなでかい屋敷でさ、毎朝イングリッシュ・ブレックファストだったよ」

過去に付き合っていた相手の話を聞くのは当然初めてで、しかもどうやらそれはイギリス人らしく、直哉は何と反応したものか戸惑《とまど》った。

西垣はそんな直哉に気づいて、彼の額に手の甲を軽く押し当てる。

「…気になる？」

「え…」

「昔の話だよ」

直哉はふいっと西垣から目を逸《そ》らす。

「べつに気にはならないよ。ただ、留学生にも手を出してたんだなあと思っただけ」

「手ぇ出してたって…。俺から出したわけじゃないぜ」

直哉はそれを無視してオイルサーディンをつついている。

「けどほら、外国語覚えるのはネイティブの恋人作るのが一番だって云うだろ」

「…この鰯、美味《おい》しいよ」

「おい、無視すんなよ」

「これ日本じゃ売ってないって？」

「…直哉、聞きたくないならそう云えよ」

直哉はちらと西垣を見た。

「聞いてるよ。けど俺が知り合いのイギリス人から聞いた話じゃあ、朝はシリアルかっ込んでるだけってのが殆どみたいだったなって思ってさ」

「そりゃ日本人だって老舗《しにせ》旅館が出すような焼き魚に味噌汁《みそしる》、卵、漬物なんて朝メシ食ってる奴なんてそうはいないだろ。それと同じじゃないか」

「…要するに、すごい家に滞在してたってことなんだ。そういうの、なかなか体験できることじゃないよね」

直哉は小さく微笑《わら》って、トーストを齧《かじ》る。

「まあそれは云えるな」

西垣が頷《うなず》くのを見ながら、実は彼にとってはそれほど貴重な体験というわけではないのかも知れないと直哉は考えていた。

西垣は相当もてたはずだし、彼自身行動的でもある。見栄《みば》えのするルックスが十二分に効果を発揮して、VIP待遇には慣れているのかも知れない。

「けど懐かしいなあ。テムズを遡《さかのぼ》ったとこにあるマーロウって小さな田舎町《いなかまち》に居たんだ」

「…そこって、もしかしてオックスフォードとケンブリッジの対抗レガッタをやるとこ？」

「そうそう。よく知ってるな」

「なんかで読んだことあるよ」

直哉の言葉に頷きながらも、西垣はそのときのことを思い出しているようだった。

べつに嫉妬《しっと》するとかそういう感情はまったくなかったが、西垣が今まで相当いろんな経験をしてきたことを思うと、少し複雑な気持ちになってしまう。

それほど経験豊富な西垣が今選んだ相手が自分だということが、何かの間違いのような気がすることがあるのだ。

「…綺麗《きれい》な町だったよ。一度直哉と行ってみたいね」

直哉の内心にはまるで気づかずに、西垣はそう云って優しく微笑んで見せる。

西垣はきっと軽い気持ちで云ってみただけなんだと思いながらも、直哉はどぎまぎしていた。

「…俺はどうせならニューマーケットに行ってみたいけど」

「ニューマーケットって、おまえ競馬が好きなの？」

直哉はちらと目を上げた。

「まあね。馬券は滅多に買わないけど」

「乗馬は？」

「やったことあるって程度。…西垣さんはけっこう乗れそうだね」

直哉の予想通り、西垣はにやっと笑って肯定した。

彼は最近でこそ仕事優先になっているが、冬はスキー夏はウエイクボードと、アウトドア派だったのだ。

「直哉って、外で遊ぶの好きか？」

「…嫌いじゃないよ」

西垣はふっと目を細めた。

「それじゃ今度乗馬にでも行くか」

「乗馬はちょっと…。それより釣りのがいいな。啓太《けいた》と安藤《あんどう》ちゃんも誘ってさ」

啓太は直哉の親友で、安藤は啓太の彼氏だ。

「それもいいな。啓太くんの手作り弁当があれば最高だよ」

「そうだね。今度話しておくよ」

直哉はそう云うと、食べ終わった皿を重ねて流しに運ぶ。

「そのまま置いとけよ」

西垣は自分の分を流しに出すと、片付けようとスポンジを摑《つか》んだ直哉を背後から抱き寄せた。

瞬間、直哉の身体《からだ》が震える。

直哉の反応に唇でうっすらと笑うと、彼の首筋に軽く口づけた。

「あ…」

「後ろからここにキスされんの、好きだろ?」

囁《ささや》いて、耳朶《みみたぶ》を齧る。

「ちょっ…、あ…」

「うーん、なんか新婚の若妻にイタズラしてる気分」

「だ、誰が若妻だって…」

「ここでやっちゃう…?」

「こ、ここって」

西垣は早くも直哉のベルトを外している。

「な、何してんだよ…」

「台所でやったことは…?」

「え? わ、ちょっと…」

西垣の手がジーンズの中に侵入して、直哉のものを弄《もてあそ》んでいる。

「…台所でセックスしたことある？」

「あ、あるわけないだろ…」

「それじゃ、俺とやんなきゃ」

西垣は直哉の顎《あご》を摑んで自分の方を向かせた。そしてその唇をねっとりと味わう。

直哉のジーンズを膝《ひざ》まで下げて、西垣は彼の後ろに指を埋めた。

「や、は…あっ…」

自分でも恥ずかしくなるほどの甘い息を吐いて、直哉は抵抗することも忘れていた。

「なんつー可愛《かわい》い声上げてんだよ…」

更に深く指を入れて中を刺激する。

直哉は自分の手首を嚙《か》んで、声を出すまいとした。

「こらこら、何をもったいない」

西垣は直哉の腕を摑んで口から剝《は》がす。

「…や、やめ…」

「いいから、声聞かせろって」

直哉はそれに首を振って、唇を嚙む。

「…何可愛いことしてんだか。たまんねえなあ」

そう云いながら首筋を舐《な》め上げる。

「なあ、せっかく台所なんだから、キュウリとか挿れてみる？」

「バ、バカ…！」

慌てて振り返った直哉に、西垣は絶妙のタイミングで後ろに埋めた指を搔《か》き回した。

「は、あ…、んんっ…！」

とんでもなく色っぽい声を上げて、のけ反った。

「…こっちまでイきそうになるようなイイ声だな」

満足そうにスケベ笑いを浮かべると、自分のものを取り出して直哉のバックにあてた。

「あ、…剛《ごう》…」

「欲しい？」

「ん…」

直哉は自分がどうかなってしまったんだと思っていた。昨夜《ゆうべ》もさんざんベッドの中でいいようにされてしまったというのに、またこうして西垣の好きにされてしまっている。

西垣は、こんなふうに直哉を追い詰めるのがうまい。精神的にも肉体的にも、西垣が欲しくてたまらないように仕向けるのだ。

そして直哉は簡単にそれにハメられてしまっている。

「…おまえ、ほんと可愛いな」

「な、…あ…」

「欲しいって云えよ」

直哉は下を向いて唇を噛む。

西垣は挑発するように、自分のそそり勃《た》つものを直哉の入口に擦《こす》り付けた。

「…剛ぉ…」

縋《すが》り付くような声に、西垣は苦笑を洩《も》らす。

「直哉、そういうのズルいぜ」

そう云うと、たまらずぐっと腰を進めた。

「う…わっ、ああ…っ…」

直哉の中は西垣を煽《あお》るように締め付けてくる。思わず西垣の眉《まゆ》が寄る。

「…すげ、いいよ」

直哉はもう何も考えられない。

自分の中を出入りする西垣を必死で締め付ける。

ひときわ大きな波が来たと思ったのと同時に、直哉は低く呻《うめ》いて射精した。

一旦《いったん》西垣のものが引き抜かれると、直哉はずるずるとキッチンの床に座り込んだ。

「まだだよ」

西垣は直哉を自分の方に向かせて息を整えている彼に口づける。そして片足に手をかけてそこを押し開くと、再度直哉の中に押し入った。

「…ああああっ…」

艶《つや》っぽい喘《あえ》ぎを上げて、背をのけ反らせる。

「顔見ながらイきたいから…」

西垣はそう云うと、直哉に噛み付くようなキスをする。舌を入り込ませて直哉の舌にからませる。何度も追い詰めて吸い上げる。

唇を離すと、唾液《だえき》が糸を引いた。

角度を変えて突き上げると、直哉が痙攣《けいれん》したように震える。

「…ここ、イイのか？」

同じ場所を更に深く打ち付ける。

直哉はその快感を追うように、自分でも腰を使っていた。

「すげー、やらしい」

「……」

「直哉って、抱けば抱くほど悦くなるな」

結合部からのいやらしい音と直哉の喘ぎが、一緒になってキッチンに響く。

昼間っからのセックスだということも忘れて、直哉は恥ずかしい部分もすべて西垣に晒《さら》していた。

それを指摘されたら直哉は羞恥《しゅうち》でどうにかなってしまうだろう。それでも、西垣を拒むことなどできるはずもない。

そして西垣も、少しずつ直哉を自分に慣れさせていくことに、すっかりハマっていたのだった。


二人は週末をたいていどちらかの部屋で過ごすようになっていたが、会社ではプライベートの話はしないようにしていた。

西垣は社内でも自分がゲイなのを隠すつもりはなかったし、直哉とのことも同様だと考えていた。

しかし直哉は、それを知られることで西垣のチームを外されることを危惧《きぐ》していた。

直哉の仕事ぶりはそれなりに評価されてはいたが、それでも彼でなければできないとまでは思われていなかったし、直哉自身もそれは認めていた。

直哉のセールスポイントはあくまでコストパフォーマンスの高さであって、独創性ではない。彼の独創性は西垣と組んで初めて発揮されるのだ。しかしそれを知っているのは一緒に仕事をしている社員だけだ。

西垣の強い個性とリーダーシップゆえに、直哉は完全に西垣の陰の存在となってしまっていた。今は西垣が必要だと云いさえすれば、直哉は彼のチームで仕事をすることができていた。そしてそれは直哉が注目株ではないせいでもあったのだ。

彼らの会社はソフトが専門でないので、プログラムを書ける社員が常に不足していた。不足しているところは外注に出すのだが、会社としてはできるだけ社内でカバーしたいところだった。

そういう状況の中で、直哉は短時間でできる仕事はできるだけ引き受けるようにしていた。かけもちもしょっちゅうだ。

直哉は自分を便利屋のように思わせることで、他の大きな仕事に推薦《すいせん》されることへの予防線を張っていたのだ。

それは、何か問題を起こしさえしなければ西垣と一緒に仕事をしていく上で一番いい選択だったはずだ。しかしそれは同時に、たとえどんな事情があろうと直哉を西垣のチームから外すことは会社にとって損失になると思わせることを、難しくもしていた。

加えて、二人の間の誤解が原因で西垣は一度は直哉を自分のチームから外そうとしていたこともあったのだ。

上層部から見れば、西垣のチームの成功は西垣がリーダーだからであって、仮にメンバーが入れ替わっても同じような功績を上げるだろうと思われていた。どんな人材でもうまく使えるのが西垣の力であり、だからこそ高い評価を受けていたのだ。

西垣と直哉が付き合っているということを上層部が知ったらどう思うだろうか。

彼らの仕事には必ず依頼主《クライアント》というものがある。今でこそ減ってはきたが、営業が女性というだけでヘソを曲げるクライアントだっているのだ。ゲイのカップルに皆が理解があるとは思えない。

とりあえず、同じチームというのはマズいと判断されても仕方がないとも云える。会社は何よりも利益を優先しなければいけないのだ。

そして、適当な理由を付けて直哉を異動させるだろう。前の部署に戻して主任とかの肩書きをくれたりするかも知れない。

その可能性がある限り、直哉は自分たちの関係は公表しない方がいいと思っていた。そして西垣も最終的には直哉の考えを尊重することにしたのだった。

「杉山《すぎやま》、ちょっと読んでおいてくれ」

西垣はしれっとした顔で直哉に書類を差し出した。

直哉が右手をマウスに置いたまま左手で受け取ると、そのまま彼の手の甲を撫《な》でていく。ぞくっとした快感に、直哉はファイルを落としそうになった。

しかし当の西垣は涼しい顔で自分のデスクに戻っている。

直哉が気を取り直してファイルを開くと、手書きのメモが挟まれていた。

『今日、晩メシ一緒に食わねえか？』

思わず苦笑を洩らす。

最近西垣がハマっている遊びだ。公表できないのはそれはそれで不倫みたいでおもしろいなと云って、どこかのドラマで見たような遊びを楽しんでいるらしい。

先週も同じチームのメンバーたちと昼食をとっているときに、西垣がさりげなく足をからませてきて直哉は食事どころではなかったのだ。

「西垣さん、昨日頼まれてたやつ、今週中の方がいいんでしたよね？」

直哉は低い声で西垣に聞くと、さっきのファイルをデスクに置いた。

「…できるのか？」

「できますよ、どうせ今日は残業になるだろうし」

西垣が眉を寄せてファイルを開くと、予想通り直哉のメッセージが挟まっていた。

『ホカ弁の差し入れよろしく』

直哉は満足そうににやりと笑ってみせた。いつもやられっぱなしというわけにはいかない。


「おい、家に帰ってまで仕事するなよ」

ノートパソコンに向かっている直哉の肩を、西垣が後ろから抱き抱《かか》えた。

「…わ、ちょっ…」

西垣は直哉の耳に舌を入れて挑発する。直哉は身体を捩《よじ》ってそれから逃れようとした。

「何だよ、冷たい奴だな」

「何云ってんですか。これ週明けに完成させとかないと困るのは西垣さんですよ」

残業していた直哉を、無理矢理《むりやり》自分のマンションに連れ帰ったのは西垣だったのだ。

「だいたい、家でやればいいって云ったの、西垣さんじゃないですか」

「…おまえ、二人きりのときにまで敬語使うのやめろよな」

「あ…」

直哉は西垣から指摘されてそれに気づいたらしかった。

「仕事中の癖《くせ》でつい…」

言いわけしながら画面に目を移す。そんな直哉に西垣は不満そうだ。

「一日くらい遅れたってどうってことないだろ」

しかし直哉は取り合わなかった。

「俺はあんたの評判が落ちるような真似《まね》は絶対にしないから」

きっぱりした口調に、西垣は思わず眉を寄せた。

「そんなことくらいで落ちる程度の評判じゃないつもりだぜ」

「知ってる。けど俺が関わってる以上、遅れたりミスったりなんか絶対にしたくないんだ」

表情は笑っていたが、本当にそう決意していることは西垣にも伝わった。

「…ちょっと真面目《まじめ》すぎるよ」

「ちゃんと他で手を抜いてるから。力の入れる場所を決めてるだけだよ」

西垣が思わず苦笑を洩らす。

そのとき、インターホンが鳴って来客を知らせた。

「何だ？　宅配便かな」

面倒そうに立ち上がった西垣は、そのまま玄関に向かった。

直哉は再びパソコンに戻る。

暫《しばら》くして賑《にぎ》やかな話し声が近づいてきて、西垣がやたら綺麗な男を連れてリビングに戻ってきた。自分の外見に自信があってプライドが高そうに見える。

「貴彦《たかひこ》、こいつが直哉。前に話したよな」

「初めまして。林《はやし》です。剛と同じ職場なんだってね」

愛想のいい笑顔と共《とも》に差し出された手を、直哉は慌てて握った。

「あ、杉山です」

「なんか邪魔しちゃって悪いね。電話してから来ればよかったんだけど…」

「何云ってんだよ。そんなことしたことないくせに。いつもいきなりなんだよな。相手の都合なんかおかまいなしだ」

そう云いながらも、西垣はそれほど迷惑そうではない。

「ワインを一ダースも送ってきたんだ。せっかくだからお裾《すそ》分《わ》けしようと思ってね」

そう云って、西垣に紙袋を押し付ける。

「イタリアのマイナーな名柄なんだけど、これがなかなかでさ」

西垣は袋の中から、小さな紙包みを取り出した。

「これは？」

「あ、一緒に送ってもらったチーズ。すぐ食わねえなら冷蔵庫に入れておいてくれよ」

「…貴彦、時間あるなら一緒に飲んでいけよ」

西垣の誘いに、林はちらと直哉を見た。

「いいのかな?」

「あ、どうぞ、どうぞ」

直哉は慌ててソファを勧《すす》める。

「俺、この仕事片付けてしまいたいんで、お二人で先にやっててください」

貴彦と西垣の関係が気にならないでもなかったが、西垣が特に紹介しないのは友達ということなのだろうと思っておくしかなさそうだった。

「それよりさ、例の件考えておいてくれた?」

ワインが一本空《あ》いたところで、貴彦はちらと西垣を見た。

「…またそれか。いいかげんしつこいな」

「そりゃこんな優秀な人材を放っておく手はないからな。今の会社と叔父貴《おじき》んとこも、規模的にはそう変わらないだろう? 叔父貴は給料も今のとこの倍出すって云ってるぜ」

西垣は深く溜《た》め息《いき》をついた。

「…貴彦、前にも説明したろ? 今更章二《しょうじ》さんの下で働くつもりはない」

「何こだわってんのさ。いくら昔付き合ってたからって気にすることないだろ」

直哉のマウスを摑む手がぴくりと震えた。

西垣は直哉の動揺に気づいたのか、貴彦を軽く睨《にら》み付けた。

「直哉のいる前でそんな話するなよ」

「なんで？　もう終わったことなんだからべつにいいじゃん。十年以上も前のことだろ。叔父貴だって今じゃ二児のパパですっかりいい家庭人だよ」

「…とにかく煩《わずら》わしいことはごめんだ」

にべもない西垣の返事に、林はちょっと企《たく》むような目をした。

「けどさ、杉山さんとのことがバレたらいろいろヤバくない？　違う会社だとその点楽だと思うんだけどなあ」

暗に噂《うわさ》を流すとでも云っているように直哉には聞こえて、眉を寄せた。

「おまえ、そういうとこも章二さんそっくりだな」

嫌そうに云う西垣に、貴彦は唇で微笑してみせた。

「そういえば剛と付き合ってたころの叔父貴って、ちょうど今の俺と同じくらいの歳だったろ？　思い出さない？」

貴彦は直哉など眼中にないといった様子で、西垣にからんでいる。

「…まあ、あんときは俺もまだガキだったからな。女房持ちとも知らずに入れあげて、痛い目見たよ」

「けど、いい目もいっぱい見たろ？　けっこう貢《みつ》いでもらってたじゃないか」

「車のことか？　あれなら別れたときに返したぞ。だいたいだな、大学生にベンツなんか贈るなよな。あのセンスからしてオヤジなんだよ」

貴彦はからからと声を上げて笑った。

「剛のそういうとこが叔父貴は気に入ってるんだろうな」

西垣は顔をしかめただけだった。

それでも西垣は貴彦をそれなりに気に入っているらしく、それがわかっている貴彦は西垣の顔色を窺《うかが》うようなことがない。

直哉はそれを少しだけ羨《うらや》ましいと思って、二人を見ていた。


その日は西垣からの不倫ゴッコのメモはなく、直哉だけが残業をしていた。そろそろ帰ろうかというときに、同僚の一人が慌てて部屋に入ってきた。

「あ、杉山。西垣さんもう帰った？」

「ああ。今日は定時で帰ったんじゃないか」

「誰か西垣さんの携帯《けいたい》番号知らないかなあ」

「なんかトラブル？」

「そうなんだ。営業のミスでさ。できたら今日中に連絡取っておきたいんだ。たぶん朝イチで得意先行かなきゃいけないだろうし。番号わからないかなあ。自宅でもいいんだけど…」

もちろん、直哉は自宅も携帯も番号はわかっている。しかしそれをさらっと教えるのは問題がありそうだ。

「…どっかに名簿があったろ。自宅の番号ならわかるはずだよ」

同僚は頷いて、名簿を捜し始めた。

暫くして戻ってきた彼に、直哉は何げなく聞く。

「連絡付いた？」

「ダメ。留守録になってた。いちおうメッセージ入れたけど…」

「そっか」

「仕方ないや。あとは西垣さんがメッセージ聞いてくれるのを願うのみだ」

溜め息をつく同僚を置いて、直哉は部屋を出た。そしてロビーまで降りると、西垣の携帯にかけてみた。

「あれ…？」

携帯は繋《つな》がらず留守録になっていた。時計を見るともう十時を回っている。念のため自宅にもかけてみるが、同じことだった。

自分のアパートに戻って再度電話してみたが、どちらも留守録状態だった。西垣は会社に居るとき以外は携帯の電源を切ることがめったになかったから、すぐに連絡が付かないというのは付き合い出して初めてのことだった。

結局、その夜は西垣とは連絡が付かないまま、翌日になってしまった。


電話を待って寝不足の目を擦りながら出勤する直哉の前に飛び込んできたのは、西垣の姿だった。それも、アルファの164から降りるところである。

直哉はいっぺんに目が覚めた。なにしろその憧《あこが》れのイタ車の運転席にいるのは、林貴彦だったのだから。

もしかして西垣は貴彦の部屋に泊まったということなのか。それは何を意味するのだろうか。

西垣がもてることは直哉も充分承知していた。経験もかなり豊富そうだし、クラブなんかに一緒に行こうものなら、直哉が隣りに居ても必ず誘いを受けていた。

彼はそれを実にさりげなく断わっていたが、果たして一人のときもそうなのかはわからない。

二人は職場が同じだから毎日顔は合わせていたが、仕事のあとをいつも二人で過ごしていたわけではない。

実際、自分と一緒に居ない日を西垣がどんなふうに過ごしているのか、直哉は殆ど知らなかった。

週末でも一緒に居ないときはあった。そんなとき直哉はたいてい一人で本を読んだりビデオを見たりしていた。西垣はときどき友達と会うとか云っていたが、直哉はそのことを深く考えたことはなかった。

もしかしたら西垣は同時に複数の人間と付き合えるというタイプで、貴彦とのこともそうなのではないか。そんなことまで考えてしまう。

「…杉山くん？」

ふと声に気づいて、直哉は慌てて顔を上げる。

「あらやだ、聞いてなかったのね」

「あ、ごめん。何？」

直哉はごまかすようにちょっと笑ってみせた。それにつられて彼女も笑う。

最近彼は笑顔が素敵だと、女子社員の間で噂になっているのだ。

「山口《やまぐち》くんの送迎会《そうげいかい》、日が決まったの」

「あ、そうか。もう来月には転勤だったんだよな」

「西垣さんが栄転だから、いいとこでお祝いしてやろうって。あのね、このキタムラってとこ。

場所わかる？」

彼女が示す地図を見て、直哉はちょっと眉を寄せた。

その店は西垣と何度か行ったことがある。西垣の古い友人がオーナーシェフをやってるフレンチレストランだ。

特別な店だと云われて、二度ほど連れていってもらったことがあった。

恋人を誘う特別な店で送別会をやろうなどと考えるだろうか。それとも、特別な店ということにそれほどの意味はなかったということなのか。

「…この地図わかりにくいのよね。西垣さんはすぐにわかるって云ってたんだけど」

「俺確認しとくよ。で、わかりやすい地図書いてコピー回すから」

「ほんと？　助かるわあ」

彼女からメモを受け取って、直哉は深い溜め息をついた。

西垣の気持ちがよくわからない。やっと近くなったはずの西垣がまた遠くなったような、そんな気がしたのだ。

直哉は落ち込むのが嫌で、昼休みに思い切って西垣の携帯にかけてみた。が、また留守録状態になっている。外に出ているときに電源が入っていないのはおかしいのではないかと思いながらも、とりあえずメッセージを残しておいた。

そのあと啓太にも電話して、西垣の部屋で食べられるように温めるだけでいい夕食を作ってくれるように頼む。

啓太はふたつ返事で承諾《しょうだく》してくれて、直哉はちょっと元気が出た。きっと気にするほどのことは何もないのだと思うことにした。


残業もそこそこに会社を出ると、啓太のアパートに寄ってそれから西垣のマンションに向かった。

一度も使ったことがないスペアキーで中に入ると、部屋は静まり返っていた。

冷蔵庫にビールが入ってるのだけを確かめて、啓太手製の夕食をすぐに温められるようにしておく。

少し前にここで西垣が朝食を作ってくれたのを思い出した。

考えてみれば、鍵《かぎ》を貰《もら》っているということはやはり特別だと思っていいのではないか。そんなことを考えていると、玄関のドアが開く音がした。

西垣だと思って出迎えると、そこには鍵を持った貴彦が居た。

直哉はその場に立ち尽くす。

「あれ、直哉くんだっけ。先約だった？」

「あの…」

「あ、いいよ、いいよ。忘れ物取りに来ただけだから。ちょっと失礼」

そう云って彼はあろうことか寝室に入っていった。

暫くして戻ってくると、呆然《ぼうぜん》と立ち尽くす直哉に余裕の笑みを見せる。

「剛がこういう奴だって知ってるよね？　そのうち慣れるよ。それに俺だけってわけじゃないからさ」

貴彦はその綺麗な顔で挑発的に笑った。

直哉には何が何だかわからなかった。

西垣は少なくとも二人に合鍵を渡しているということなのだ。それは西垣には当たり前のことなのだろうか。

「…貴方《あなた》はそれでいいんですか？」

やっとのことで口をきいた直哉に、貴彦はにやりと微笑む。

「剛みたいな男はそう簡単には独占できないと思ってるからさ」

直哉は頭を振って、部屋を出る。

独占したいと思っているわけじゃない。けど、他の男にも渡す合鍵なんかほしくない。それはとんでもなくバカにした話だ。

悔しくて腹が立って、涙も出てこない。

自分がこんなに嫉妬深かったことに、直哉は初めて気づいたのだった。

シャワーも浴びず電気も点《つ》けずにワイシャツのままベッドで俯伏《うつぶ》せになっていると、インターホンが鳴った。

面倒なので放っておくと、暫くしてドアの開く音がした。

「…直哉？　居るんだろ？」

玄関で西垣の声が聞こえる。

すぐに電気が点いて、直哉はよろよろと身体を起こした。

「居るんなら返事くらいしろよ」

そう云って、自分もベッドの隅に座る。

「せっかく来てくれたのに悪かったな。貴彦がくだらねえこと云ったらしいけど、気にするなよ」

その言葉に直哉は眉を寄せる。

「どうして？」

「え…？」

「気にしちゃダメなのか？　知らないふりしとけってこと？　それってちょっと都合よすぎないか」

直哉は西垣から目を逸らせたまま一気にそう云うと、立ち上がって西垣の部屋の鍵を捜した。

「何の話だ？」

西垣の言葉を無視して、直哉は見つけ出した鍵を西垣に差し出した。

「…これ返すよ」

さすがに西垣の表情が険《けわ》しくなった。

「どういうことだ？」

「ほしくないだけだよ」

「それは、もう俺とは付き合わないってことか？」

そんなことを望んでいるわけではない。直哉は慌てて西垣を見て、彼が今まで見せたことがないほど怖い顔をしているのに気づいた。

「あ、あの…」

「…わかった。直哉がそう云うんなら仕方ないな」

そう云って直哉から鍵を受け取る。それをゴミ箱に投げ入れた。

「捨てといてくれよ」

云い捨てると、溜め息をついて玄関のドアに手をかける。

直哉はどうしていいのかわからない。そのとき、ぼそりと西垣が呟《つぶや》いた。

「こら、引き留めないつもりか？」

「え…」

「おまえ、本気で俺と別れるつもりか？」

直哉は倒れ込むように、西垣の背中に抱き付いていた。

「…か、帰らないでくれ」

「遅いっ」

「ご、ごめん…」

「おまえ、貴彦に俺が二股《ふたまた》かけてるとか聞かされて鵜呑《うの》みにしたな？」

「だ、だって、今朝《けさ》見たんだ。西垣さんがアルファで送ってもらうとこ」

西垣はちょっとバツの悪そうな顔をした。

「…あいつんちに泊まったのは確かだよ。けどあいつとは何にもない。そういう相手とは友達付き合いできないからな」

きっぱりと云い切る。

「俺、昨日携帯に何回もかけたのに…」

俯《うつむ》いて云う直哉の髪を、片手でくしゃくしゃと弄ぶ。

「悪かったな。あいつ俺がシャワー浴びてる間に、俺の鍵と携帯隠しやがったんだ。俺もそれに気づかなくてさ。今日のおまえからのメッセージもあいつ全部聞いてたんだ。で、おまえが来てるの知ってて嫌がらせしに俺んち行ったらしいぜ」

「な、なんでそんなこと？」

「愛情の度合いを試したとかアホなこと云ってたな」

そう云うと、直哉を自分の方に向かせた。

「…俺ってそんなに信用ないか？」

「ごめん…」

「直哉と付き合ってるのに、他の奴に鍵渡したりなんかしないぜ？」

「…うん」

思わず目を伏せる直哉を覗き込むようにして、そっと口づける。

「俺がおまえのことをどのくらい大事に思ってるのかわかってないようだから、これから嫌ってほど教えてやるよ」

そう云って笑うと、首まで赤くなっている直哉のシャツのボタンに手をかける。

「手加減しないからな。覚悟しろよ」

囁いて、耳を齧る。甘い痛みが身体中に広がる気がした。

西垣は直哉の両手の手首を摑んで頭の上で押さえ付けると、執拗《しつよう》なキスを繰り返す。

西垣に押さえ付けられて両手の自由のきかないことで、直哉はなぜか妙に興奮していた。

西垣は一旦直哉を解放すると、素早く自分のネクタイを解《ほど》いてそれで直哉の両手を縛った。

「な、なに…」

直哉はまったく予期しない事態に、慌てて身体を捩る。

「こらこら暴れない。こういうの、けっこう刺激的なんだぜ」

直哉の膝を軽く押さえ付けてにやにや笑っている。

「や、けど…」

「大丈夫。ひどいことなんかするわけないだろ。俺に任せとけよ」

西垣は余裕の表情で、直哉のシャツの前をはだけさせた。西垣の大きな手が直《じか》に触れただけで、直哉の身体は跳ね上がった。

「悪くないだろ？　こういうのも…」

直哉の乳首に舌を這《は》わせる。

直哉はそのぞわぞわするような快感をやりすごすために、唇を嚙んできつく目を閉じた。

「相変わらず、恥ずかしがりやで困るな」

西垣は苦笑を洩らしながら、直哉のベルトを外しにかかる。

「…オレ、好きなんだよなあ。男のパンツ脱がせるの」

云うなり、下着の中に手を潜り込ませる。

「あ…っ…」

直哉の唇から洩れる甘い声は、何かをねだっているようにも聞こえる。

西垣は満足げに微笑むと、下着ごと一気に引き下ろした。そして膝に手をかけて、そこを押し開いた。

直哉は慌てて抵抗しようとしたが、両手の自由がきかないためどうにもできない。

「…ご、剛、やだ、こんな格好…」

思わず懇願《こんがん》する顔がたまらなく可愛くて、西垣はよけいにいじめたくなってくる。そして直哉の脚を持ち上げると、そこを晒した。

「や、やめ…!」

西垣はそれにには取り合わず、直哉の後ろに指を埋めた。

「や、剛…、いやだって…」

「けど、こっちは興奮しまくってるぜ」

中心でびくびく震えるペニスを軽くしごく。直哉はまた何とも云えない色っぽい声を上げてしまう。

西垣は指を引き抜くと、今度は舌でそこを慣らし始める。

「や、あ…」

西垣の愛撫《あいぶ》は巧妙で、直哉はもうどうでもいいような気になってくる。両手が縛られていることで西垣に束縛されているような気になって、また興奮してきた。

「あ、剛…」

明らかに自分をほしがる直哉の声に、西垣は僅《わず》かに苦笑した。

「今日はすごいな。縛られるのってそんなにイイのか？　それともこういう恥ずかしい格好が感じるのか？」

その両方なのだと、直哉に云えるわけがない。

「剛、早く…」

西垣は自分のペニスを取り出すと、自分の唾液を塗り付けて直哉のそこにあてた。直哉はゆっくり息を吐いて、西垣を受け入れる準備をする。

「…なんか今日の直哉、めちゃめちゃエロいな」

からかうように云うと、一気に腰を入れた。

「は、あっ…ああ…」

直哉は入ってくる西垣をからめとるように締め付ける。

腰を使いながら西垣がキスをしてくれるのだが、両手を縛られている直哉は彼にしがみ付けなくてそれが不満だった。

それでもいつも以上に興奮した身体は、西垣の激しい突き上げに狂ったように反応していた。

「…すげ、いいよ」

西垣の荒い息を感じて、直哉の身体がまた反応する。

「ん…、俺も」

「おまえも？」

西垣は言葉を促《うなが》す。直哉は熱に浮かされたような目で西垣を見る。

「…すごい気持ち、いい」

云った途端、自分の中の西垣が反応したように感じた。

「そんなにイイか？」

しかし西垣はその返事を待たずに、更に直哉の身体を押し広げて、いっそう深いところまで身体を進めた。

「ひゃっ、剛…！　ああっ！」

西垣の腰の動きが速くなり、そして直哉の頭の中は一瞬真っ白になった。

「あと、残ってないか？」

ネクタイを解いて、西垣は直哉の手首に口づけた。

「すぐ消えるよ。それより…」

思わず西垣のまだ完全に硬度を失っていないものから目を逸らしてしまう。

「なに？」

「だから、ネクタイが皺《しわ》だらけだよ。早くアイロンかけた方がよくない？」

西垣は苦笑して、直哉を引き寄せる。

「…何の心配してるんだ。それより気づいてるんだろ？」

「な、なにを…」

「直哉だってまだやりたいんだろ？　足りないって顔してる」

「う、嘘《うそ》だ」

西垣はにやにや笑うと、直哉の手を取って自分のペニスを摑ませる。

「おクチでやってよ。ちゃんとゴムつけてたからさ」

直哉は露骨な言葉に、また真っ赤になる。

「直哉のもしゃぶってやるよ」

体勢を入れ替えようとしたとき、直哉の腹が鳴った。それによって急激に空腹が思い出されてしまい、二人で同時に吹き出した。

「…そういえば、メシ食ってねえな」

「あ！　そういえば夕食」

「何？」

「啓太が作ってくれた夕食、あんたんち置いてきた」

「え、あれそうなの？」

西垣はまずいなといった顔をした。

「あれ、貴彦が食ってたぞ。うめーうめーを連発するからおかしいなと思ってたんだ」

「え、なんで！　ひどい。俺だって啓太のメシ食うの、半月ぶりなのに…！」

「…いや、悪かったよ。じゃあ明日の晩メシ俺が奢《おご》るよ」

しかし直哉は納得していなかった。

「…啓太のメシじゃなきゃ意味ないよ。せっかく作ってくれたのに他の奴に食われたなんてバレたら、あいつヘソ曲げて作ってくれなくなるかも知れないだろ！」

「おいおいおい、おまえが俺を信用しないで貴彦に譲るから悪いんだろうが」

「俺が譲ったのはあんたんちの鍵で、啓太のメシじゃないんだよ！」

「……」

さすがに西垣も呆《あき》れたように溜め息をつく。確かにベッドの上でいい大人がする喧嘩《けんか》とは思えない。

「…直哉、あんたときどきガキみてーでそれもムチャクチャ可愛いけどさ…」

直哉の首に腕を回して彼の目をじっと見る。

直哉も今度ばかりはバツが悪そうに目を逸らして俯いた。

「今のはさすがに傷つくぜ？」

「…ごめん。あれは売り言葉に買い言葉って奴で、本心じゃないよ…」

西垣は小さく笑って、こつんと額をくっつけ合った。

「…啓太くんには二人で謝って、また作ってもらお？」

「ん…」

ちらと目を上げると、西垣が優しい目で自分を見ている。西垣は自分からは何もせずに直哉からのキスを待っているようだった。

直哉は徐《おもむろ》に唇を近づけると、西垣のそれをそっと吸った。

何度も口づけて、そして再びお互いを貪《むさぼ》り合った。

二人はまたいつもと同じようにチームの会議に出て熱心に仕事の話をかわし、そして自分たちの関係を誰にも気づかれずに不倫ゴッコを楽しんでいた。

「杉山、このファイル捜しておいてくれ」

「…会議までに？」

「ああ。午前中に頼むよ」

直哉は黙って頷く。

自分の仕事が一段落すると、直哉は何の疑問も感じずに資料室に入った。

そして目的のファイルが見つかったときだった。

「あったか？」

いつの間に入ってきたのか、西垣が後ろに立っていた。

直哉は黙ってファイルを押し付ける。

「おー、これこれ。サンキュ」

そう云ったかと思うと、がしっと直哉のネクタイを摑んで強引に自分の方に引き寄せていた。

あ、と思ったときは、唇を奪われていた。

舌まで差し入れられてねっとりとからみ付き、しかし次の瞬間には唇は離れていく。

「…ご褒美《ほうび》」

にっと笑うと、ファイルを持って大股で資料室を出ていった。

直哉は我に返って慌てて周囲を見回す。一瞬のことではあったが、誰かが見ていたかも知れない。

このときはっきりわかったことは、西垣はどうやら自分たちのことを隠すつもりなどまったくないということだ。ただ、人目を忍ぶという遊びを楽しんでいるだけなのだ。だからバレたらバレたときだと思っている。

それでも直哉はそれを困ったと思う前に、何だか嬉しいように感じている自分を自覚していた。

「ま、バレたらバレたときのことだよな」

口にすると、それほど大したことじゃないような気がしてくる。

そしてとりあえず、オフィスでのキスが刺激的なことは、直哉も認めないわけにはいかなかった。

END

インパーフェクション

大学からの帰り道、通い慣れた本屋で克哉《かつや》は一人の少年に目を留めた。

すんなりと伸びた長身、すっきりとした映《は》える容貌《ようぼう》。制服の一団の中でも飛び抜けて目立つ。

一緒にいる友人たちの中心になっているのがひと目でわかった。

自分より恐らく五インチは背が高く、外見上も高校生特有の華奢《きゃしゃ》で頼りない印象が殆《ほとん》どない。

優等生というよりは、人気者タイプ。それもかなりの。

何でも器用にこなして、友人も多く、もちろん女の子にももてる。そういう自分をよく知っていて、それなりに遊んでいるようにも見えた。

彼らがふざけている脇《わき》を老婦人が通り過ぎようとして、抱えていた数冊の本をフロアに落とした。

そのときに、すっと一歩踏み出したその彼は、その本を拾い上げて軽く埃《ほこり》を叩《はた》くと、老夫人に親切そうに笑いかけて、当たり前のようにすぐ先のレジまで持っていった。

それだけのことだったが、克哉は彼から目が離せなくなった。

友人たちの目の前で、他人に親切にするのは照れが先に立つ年ごろだ。ましてや彼はそういうことをハナで笑うようなタイプに見えたのだ。

案《あん》の定《じょう》、友人たちに冷やかされている。

「タカシー、かっこいいねえ」

「うるせえ」

老婦人からも礼を云《い》われて、よけいに照れている。

あまりじっと見ていたせいか、ふと彼と克哉の目が合った。克哉は慌《あわ》てて視線を外す。

高校生らしい真っ直ぐな瞳だった。

狼狽《ろうばい》している自分に、思わず苦笑する。

思い切ってもう一度顔を上げて彼を探したが、制服の集団は既《すで》に出口に向かっていた。


「まあ、ずいぶんとハンサムな先生ね」

新しく家庭教師先に決まった家に挨拶《あいさつ》に訪れて、克哉が自己紹介するなり夫人は感心したようにそう云った。

「そうでしょう。柘植《つげ》の奥様にお断わりしたのもそれでなの。なにしろあちらはお嬢さまでしょう。先生はとても真面目《まじめ》な方だけど、娘さんの方が先生に夢中になってしまわないとは限らないですものね。そうなるとそれこそ受験どころではなくなるでしょうから」

初日ということで、紹介者でもある以前の教え子の母親が同席してくれたのだが、彼女はまるで自慢するかのように云って、微笑《ほほえ》んでみせた。

克哉は、あまり面と向かってそういうことを云われたことがないので、すぐに反応を返せないでいた。

彼は自分の容姿について、それほど関心を示したことはなかった。

少しきつめの切れ長の瞳《ひとみ》も、それを引き立たせる形のいい眉《まゆ》も、何よりも理知的な口元も、本人は特に評価していなかった。

黙っているとちょっと近寄りがたい印象を与えるし、加えて頭の出来が飛び抜けてよかったことが更にその印象を深めていた。

そのせいで、彼の友人たちは面と向かって彼の外見について誉《ほ》めることで、逆に彼に鼻であしらわれでもするような気がして、誰も直接は口に出したりはしなかったのだ。

「こんなにハンサムなのに頭もいいなんて、ご両親はさぞかしご自慢でいらっしゃるでしょうねえ」

こんな綺麗《きれい》な夫人に外見のことで誉められるのは、なぜか妙な気がした。実際、彼女は大した美人だったのだ。息子が彼女に似ていれば、それこそ相当な男前のはずだ。

「まあ、タカシちゃんもたいそうなハンサムじゃないの。背も高いし、運動はできるし」

「でもあの子はふてぶてしくて…。私は先生のような息子がよかったわ」

克哉は答えに詰まって、とりあえず慣れない愛想《あいそ》笑いでごまかす。

そのときちょうどインターホンが鳴った。

暫《しばら》くして年配の家政婦が現われて、話題の人物の帰宅を夫人に知らせる。

「やっと帰ってきたわね」

夫人は、客間に息子を呼んだ。

「すみません。先生にはお休みの日にわざわざ来て頂いたのに、今日は先にお友達と約束していたとかで、遅くなってしまって…」

姿を見せた彼を見て、克哉は危うく声を上げるところだった。

本屋で見た、あの高校生に違いなかった。

約束の時間より少し遅れて戻ってきた彼は、値踏みするような目つきで克哉を見た。

生意気に本皮のレザージャケットを着ていたが、実によく似合っていた。

「…あんたが先生?」

どうしても自分より年上には見えない克哉を、タカシは薄笑いを浮かべて見下ろす。克哉と目が合うと、大人《おとな》びた含み笑いを返した。

その顔に、克哉はなぜかぞくりとした。

タカシが笑った意味はわからなかったが、その顔は妙な色気があって、同時にどこか捉《とら》えどころのない雰囲気があった。

克哉は自分がこういうタイプに弱いことを思って、内心苦笑した。

相手はこれから自分が家庭教師をすることになる高校生だ。バカな感情を抱くもんじゃあない。

そう云い聞かせる。

「すみません。すっかりお待たせしてしまって。タカシ、お詫《わ》びしなさい」

「…すいません、オレ時間にはルーズなもんで」

「タカシ！」

綺麗な眉を吊《つ》り上げて、彼女は遠慮なく愚息を小突《こづ》いた。

「この通りバカな息子で、お恥ずかしい限りですわ」

克哉は曖昧《あいまい》な笑いを返しただけだった。

タカシは僅《わず》かに眉を寄せたが、すぐにまたさっきの含みのある笑顔を浮かべると、克哉に握手を求めた。

「よろしく、中井《なかい》先生」

克哉はためらいがちにその手を握った。

「…こちらこそ、細野《ほその》くん」

「タカシ、ですよ。センセ」

目の前の高校生は、そう云ってもう一度薄笑いを浮かべた。

初めての授業の日、克哉はそれなりに緊張して、タカシの部屋で彼と向かい合っていた。

「先生って、合格請負人《うけおいにん》なんだってね」

タカシはそう云うと、皮肉混じりに微笑《わら》ってみせた。

「本当に俺がK大に合格できるようにしてくれるって？」

また、あの目だ。克哉はちょっと彼から目を逸《そ》らした。

「…そうだよ」

「そうだよって。あんた、俺の成績知ってんでしょ？」

「…きみがちゃんと勉強すれば大丈夫だよ」

克哉はそっけなく返すと、テキストがわりのレポートを机に置いた。

確かに、タカシの両親から希望の大学名を聞かされたときには、成績から照らし合わせて考えるとかなり無謀ではないかと思った。

タカシの成績は目を覆《おお》うほどのものではなかったが、彼の両親の希望に応《こた》えるにはほど遠かった。

特に学科ごとのバラつきが激しく、理数系は学年でもかなりいいところにいたが、暗記を要する科目がまるっきりダメだった。

つまりバカではないが、努力はしない典型なわけだ。

しかも彼の両親が希望する大学というのは、学部こそ違え克哉が現在在籍している大学だ。

「…受験勉強はテクニックなんだよ。やり方さえ間違ってなければ、努力しだいでどこの大学にだって入れる」

克哉はあっさりと云い切ると、飲みかけのコーヒーカップをトレイに返した。

「早い話、忍耐《にんたい》と要領だな。今の日本の大学は、それだけで何とかなるとこまできちゃってんだよ。あとはいかに効率よくそれをするかだ」

「…簡単に云うねぇ」

半《なか》ば感心したようなタカシに、克哉は思わず口元を緩《ゆる》めた。

「簡単だよ。僕がその方法を知ってる」

克哉が家庭教師のアルバイトを始めるようになったのは、実は積極的な理由からではなかった。

克哉がまだ一回生のころに、家庭教師をしていた先輩があまりの出来の悪さにサジを投げて克哉にそのバイトを押し付けたことが、そもそもの始まりだった。

克哉はその出来の悪い社長令息の面倒を見ることになったのだが、どんな手を使ったのか、誰もが無謀だと思っていた希望大学へ合格させることに成功してしまった。

それに狂喜した両親がかなりのボーナスを弾《はず》んでくれたことで、克哉はこのバイトに味をしめたのだ。

そして翌年にはその両親の紹介で、週に二回だけのバイトとしては考えられないほどのギャラを提示され、ついつい断われなくなってしまったわけだ。

克哉はやるからには傾向と対策を徹底的に調べ上げ、最も効率のいい方法を編み出し、その後も二人の絶望的とさえ思える成績だったドラ息子たちを、晴れて第一希望の大学に合格させることに成功した。

ドラ息子を抱えて悩んでいる医者や会社社長の間で、いつの間にか噂《うわさ》は広まり、克哉の与《あずか》り知らぬところでギャラは吊り上がっていった。

「…おふくろたちは、中井先生に任せれば絶対に大丈夫だって信じ込んでるけど、受験すんのは俺なんだからさ」

「そりゃそうだ」

「それに俺は忍耐とか努力とか、大嫌いだからな」

「そんなこと、わかってるよ。きみがそういうの大好きだったら、こんな点数は取ってないだろうからね」

「……」

タカシはちょっと不貞腐《ふてくさ》れたように唇を尖《とが》らせた。そういう顔をしていると、大人びているように見えてもやはり高校生なんだと思えて、克哉は思わず微笑を洩《も》らした。

「…何がおかしいんだよ？」

「え…？」

睨《にら》まれて、克哉は自分が笑っていたことに初めて気づいた。その理由を意識して、彼はなぜか真っ赤になってしまった。

「先生？」

「…とにかく、始めよう」

克哉は、慌ててレポートをめくった。


その日、自分のマンションに戻って克哉は軽い自己嫌悪《じこけんお》に陥《おちい》っていた。

相手は高校生ではないか。いくら自分よりガタイがよくても四つも年下だ。しかも自分は彼の家庭教師なのだ。そんな相手にのぼせてる場合じゃない。

克哉はちょっと溜《た》め息《いき》をついて、パソコンを作動させて彼のための年間スケジュールを手直しする。

今まで、恋人らしい恋人など居なかった。好きになった相手が自分を好きになってくれたことはなかったので、付き合ったことのある相手とはそれほど深刻な関係ではなかったということになる。

彼は自分の性癖《せいへき》を隠しているわけではなかったが、だからと云って積極的に公言しているわけでもない。そういう状況で本気で付き合える相手を探すのは難しい。

今までの相手とは、たいていゲイが多いと噂のあるクラブで知り合った。

自分から声をかけたこともあるが、誘われることの方が多かった。相手もそのつもりの奴が多かったから寝る相手はすぐにも見つかったが、そういう関係はまず長続きしない。

知り合いの中には、クラブで知り合ったのがキッカケで本気で付き合い始めたという羨《うらや》ましいカップルも居るには居たが、それはきわめて稀《まれ》だ。

克哉は誰かを好きになっても、相手をどうしても振り向かせようという気持ちが希薄だったため、相手に気持ちを伝えたことがなかった。それは臆病《おくびょう》だったからというよりは、最初から自分が受け入れられるわけがないと思い込んでいたせいなのだ。

だからもちろん、タカシに対してもまったく期待などしていなかった。タカシのようなタイプが自分を相手になどしないことを、彼はよく知っていたから。

高二のときに好きになったクラスメイトがタカシに似ていた。スポーツマンで人気者で、クラスの半分以上の女子は彼に好意を持っていたはずだ。

いつも派手な噂が絶えなくて、それでもそれが嫌味ではなくて、成績はそれほどよくなかったようだが、なんとなく皆から信頼されていた。

克哉にとって苦手な人種ではあったのだが、どうしても惹《ひ》き付けられる。しかしそれは何も自分だけではないのだ。

「…何バカなこと考えてるんだよ」

自分で自分に舌打ちする。

教え子になる相手にそんな気持ちを持ってどうする。そう思って、スケジュールを組み替えることに気持ちを集中させようとしたが、なかなかうまくいかなかった。


家庭教師を始めて数日後、克哉はタカシと初めて会った本屋で、ゼミ仲間の侑子《ゆうこ》から声をかけられた。

「克哉って、マンガも読むんだ?」

コミックスの棚で立ち読みしている彼に、侑子は少し意外そうにそれでも何か嬉《うれ》しそうだった。

「…侑子は読まないのか?」

「私は何でも読むわよ」

「俺だってそうだよ。何でも読む奴はたいていマンガも読んでるだろう」

当たり前のように云って、棚から離れた。

「ふふふ。ファンの女の子たちに教えてあげたら喜ぶだろうな」

「…何だよ、そのファンってのは」

克哉は露骨《ろこつ》に眉を寄せてみせる。

「貴方《あなた》、社会心理学の講座に出てるでしょう、一般教養の。あのクラスの文学部と教育学部の二回生の女子の間でけっこうな人気らしいじゃないの」

「…知らないな」

むすっと返す克哉に、侑子は苦笑を洩らす。

彼女は一年浪人しているので克哉よりはひとつ年上になる。そのせいか、こんなふうにむっつりしている克哉を見ても、他の人間が思うように近寄りがたいというよりは、逆に侑子にはそういうところが可愛《かわい》く思えてしまうのだ。

「私なんて既に三人から、貴方と付き合ってるのかって聞かれたわよ」

彼女は克哉がゲイだということを知っていた。それというのも、一年ほど前に彼女の恋人と知らずに、克哉は侑子のボーイフレンドと寝たことがあったのだ。

そのことが侑子にバレて、克哉がゲイだということも一緒にバレてしまったわけだ。

彼女は今は違う相手と付き合っているが、それがキッカケで二人はなんとなく親しく付き合うようになった。


「…俺は聞かれたことないぞ」

「そりゃ貴方に聞くより私の方が聞きやすいからじゃないの」

「……」

克哉はちょっと嫌な顔をした。それを見て侑子は肩を竦《すく》めてみせただけだった。

「それより今年の教え子はどうなの？」

彼女も克哉と同じように女子高生の家庭教師をしている。克哉ほどではないにしろそこそこいいギャラをもらっていて、二人はたまに情報交換をしたりもしていたのだ。

「…まだ始めたばっかりだからな」

そう云って何げなくドアの方に目をやって、克哉はどきりとした。ちょうどあのときのように、制服の集団が入ってきた。そしてその中にタカシの姿があったのだ。

そのまま無視しようかどうしようか迷っていると、タカシの方が先に彼に気づいた。

「あれ、先生？」

タカシは克哉に笑いかける。克哉の表情が一瞬変わったのを、侑子は見逃さなかった。

「何だ、先生って誰だよ」

「家庭教師だよ、前に話したろ？」

「どうりでおまえ、予備校通わないわけだ」

タカシの友人たちが他の客に迷惑なほどの騒々《そうぞう》しさで話しているのを横目に、侑子はそっと克哉に耳打ちした。

「…彼、もろに貴方のタイプじゃない」

克哉は彼らしくなく思わず赤くなって彼女を睨み付けた。

「まあ、素直ねえ」

「…うるさい」

小さい声でぼそぼそ返す。

侑子はからかいながらも、彼がこんなにストレートな反応を返すのは初めてだったことに気づいていた。

「…ねえ先生、もしかして彼女？」

タカシは少しだけ遠慮がちに克哉たちに訊《き》いた。

「え…？」

「すごく綺麗な人だね」

「まあ、ありがとう。でも克哉とはそういう関係じゃないのよ」

侑子はにっこりと笑い返すと、ちらと克哉を見た。彼はすっかりポーカーフェイスに戻っている。

「じゃあもしかしたら先生と同じ大学？」

「ええ。ゼミが一緒なの」

「すげえ」

タカシはどうやら侑子に興味を持ったようだった。彼女のようないかにも理知的な美人タイプは、タカシの周囲ではあまり見かけないのだ。彼の友人たちも興味津々《きょうみしんしん》のようだ。

「こんなに綺麗でしかも頭もいいなんて、すごくもてるでしょう」

「まあ、それは彼のことでしょう」

侑子の言葉に、そこにいた全員の視線が一斉《いっせい》に克哉に注がれる。

「な、何を…」

「…確かに、先生って男にしては綺麗だよな」

予想外の答えに、克哉は思わず赤くなった。

「そ、そんなこと云われて喜ぶ男がいるかよ」

「えー、俺だったら嬉しいけど」

タカシが妙に真面目に返すと、侑子を含めて彼らはどっと笑った。しかし克哉だけが笑えなかった。

彼らと別れて店を出ると、侑子はにやにや笑って克哉の脇を小突いた。

「何だよ…」

「克哉って意外に面食《めんく》いだったのね」

克哉は不機嫌な顔でそれを無視した。

「尤《もっと》も、年下趣味だとは思わなかったけど」

「べつに、そういうんじゃない」

「けど、気に入ってるんでしょう？」

克哉はちょっと眉を寄せて侑子を見た。

「…あいつは君を気に入ってるようだったけどな」

「私、年下には興味ないから安心して」

にっこり微笑まれて、克哉は思わず彼女を睨み付ける。

「…侑子って、ときどきすごく感じ悪いな」

「あら、応援してあげるって云ってるだけよ」

克哉は、迷惑そうな顔をして見せただけだった。

克哉が家庭教師を始めてから最初の校内模試の結果は、タカシの彼に対する信頼を深めるには充分だった。

「…先生って、ホントにやり手なんだ？」

克哉は思わず苦笑を洩らす。

「…去年先生が教えた奴って、W大行ってるんだって？」

「ああ」

「そいつも俺みたいな成績だった？」

「…もっと悪かったな。だから国立は諦《あきら》めてもらったんだ」

「ふうん」

タカシは何か考えているようだった。

「…実は俺、昨日そいつと電話で話したんだ」

そう云ってちらと克哉を見る。

「あんたのこと絶賛してたぜ」

「…だろうね」

あの成績でW大に合格させたのだ。感謝されて当たり前だった。

「あんたの云う通りにすれば、絶対に間違いないって」

克哉は思わず声を出して笑った。

「あいつもゲンキンな奴だな。始めた当初は俺のやることにいちいち文句ばっかり付けてたってのにな」

タカシはちょっとバツの悪い顔をした。彼も克哉のやり方を最初から認めていたわけではなかったからだ。

「…俺、もうちょっとがんばってみようかな」

克哉はその言葉に少し驚いたが、それでも薄く笑って頷《うなず》いた。

「それはいいことだな」

「先生、俺ホントにK大受かると思う？」

少し自信のなさそうなタカシは、何だか妙に可愛い。

「…ああ。それほど簡単ではないけど、まったく無理ってわけでもないよ」

安心させるように、にっこりと微笑んでみせる。タカシはそんな克哉の笑顔に、つい見入ってしまう。

「…何？」

「え、いや、先生って笑うと可愛いな」

冗談でも何でもないつもりだったが、克哉は戸惑《とまど》ったように笑顔を引っ込めた。

「何を、くだらないことを…」

呟《つぶや》くように云った克哉を、タカシは無遠慮に覗《のぞ》き込んだ。

「なっ…」

「何だよ先生、照れてんの?」

云われて、克哉は真っ赤になってしまった。

「やっぱり可愛いじゃん」

「…うるさい」

タカシはよけいににやにやしている。

「何だ、先生ってもっとスカしたやな奴だと思ってたよ。俺なんかとは頭の出来が違うから、きっとバカにしてるんだろうなって」

「…べつに、バカになんかしてないぞ」

克哉の答えに、タカシは嬉しそうに笑った。

「うん、俺のことバカじゃないって云ったのは先生だったもんな」

信頼を含んだ目を向けられて、克哉はそれだけのことに戸惑ってしまう。そして、そんな自分によけいに戸惑うのだった。

「…楽勝だね」

タカシの全国模試の結果を見て、克哉はちょっと笑ってみせた。

「でもまだ、Cランクだぜ」

「大丈夫。二ケ月ちょっとでここまで伸びたなんて、考えていた以上の出来だよ。このままいけば夏休みにはBランクだ。この調子を続けられれば、夏休みだってまあ半月ほどなら授業はなしにして息抜きすればいいよ」

「ほんとかよ」

そう云って喜ぶ姿は、まだまだ高校生そのものだ。

「それじゃあ、その機会に免許取ろうかな」

受験生とは思えない気楽な台詞《せりふ》を吐《は》いて、タカシはちょっと克哉を見た。

「俺が無事に免許取れたら、ドライヴにでも行かない？」

いきなり云われて、克哉はどきりとした。

「なんで俺と…。おまえ、彼女くらい居るんだろう？」

それとなく視線を外す。

「うち、男子校だぜ」

「でも、居るんだろう」

タカシのようなタイプを、今どきの女子高生のお嬢さま方が放っておくわけがないことを、克哉は確信していた。

「…先生こそ、彼女居るんだろう？」

「居ないよ」

克哉はあっさりと返した。

「…嘘《うそ》だろう」

タカシの言葉に克哉はちょっと眉を寄せた。

「うちの学部は、ひとクラスに女子が十パーセントも居ないんだ。そういう大学生だって居るんだよ」

「でも、先生って女の子にもてるだろう？」

そう云って、タカシはしげしげと克哉を見る。克哉は思わず目を伏せた。

「…さあどうかな。あんまり女の子と会う機会がないからな」

「コンパとか、行かないの？」

「行かない」

「なんで？」

矢継《やつ》ぎ早《ばや》の質問に、克哉はじっとタカシを見た。

「…そんなことより、今日のページを開いてくれ」

タカシは何か云い返そうとしたが、やめて大人しくテキストを開いた。

「ねえ先生、もしよかったらだけど、彼女紹介しようか？」

克哉は、こめかみを軽く押さえた。

「……女子高生には興味ない」

「女子大生でもＯＬでも、知り合い居るよ」

このガキは…、と内心毒づいたが、克哉はテキストから目を離さずに返した。

「きみの世話になるつもりはないよ」

「遠慮しなくていいよ」

克哉は、開いていたテキストをいきなり閉じて、そして真面目な顔でタカシを見た。

プライベートなことで、タカシと話をしたくはなかった。克哉はこれまで彼のことを深く考えないようにしてきたのだ。そのスタンスを崩したくなかった。

だから克哉がそのことをタカシに打ち明けたのは、こう云ってしまえばもうタカシは自分のプライバシーに割り込んでこないと思ったからだった。

「…僕は女性には興味がない」

「え…？」

タカシは思わず聞き返していた。

「ガールフレンドは居ないが、ボーイフレンドなら居るから、きみに心配してもらう必要はない」

低い声でそう云うと、軽くタカシの頬《ほお》を叩《たた》いた。

「この話はここまでだ」

タカシはごくりと生唾《なまつば》を飲み込んだ。

「いいな？」

促《うなが》されるように頷く。

あまりに簡単に告白されてしまったので、タカシは克哉の言葉がジョークなのか本気なのかわからないまま、その日の授業は終わってしまった。


翌日、克哉がマンションに戻ると、タカシが部屋の前に立っていた。

彼は壁にもたれかかってウォークマンを聞いているらしく、周りに注意を払うこともなく足でリズムをとっている。

　制服を着たタカシを見たのは偶然本屋で会ったとき以来だったが、やはり妙な色気があって、克哉はそんな彼に一瞬見入ってしまった。

　しかしタカシの方はすぐに克哉には気づかなかったらしく、それが克哉にはありがたかった。

「…どうした？」

　タカシがやっと自分に気づいた。克哉は彼がヘッドホンを外すのを待って、そっけなくそう云っただけだった。

「あ、その、ちょっと物理で聞きたいことがあって…」

　克哉は、タカシの顔を見てくすっと笑ってみせた。

「ウソつけ」

「…決め付けたな」

　もう一度笑って、玄関の鍵《かぎ》を開ける。

「上がれよ」

　タカシの顔がぱっと晴れた。それは高校生の顔で、克哉を少し安心させる。

「何か飲むか？」

「あ、俺ビール」

克哉は黙って、冷蔵庫から取り出したウーロン茶をグラスに注いだ。

「…何だよ、これ」

「飲酒年齢に達してないだろう」

克哉はそう云って、自分も同じウーロン茶を飲んだ。

彼が何の目的でここに来たのか、克哉にはまるで見当がつかなかった。

親に云えない相談ごとでもあるのかとは思ったが、彼がそれほど自分を信頼してくれていると
は正直思えない。

タカシはウーロン茶に文句を云いながらも、喉《のど》が渇いていたのか一気にグラスを空《あ》けた。そし
て、慎重に切り出した。

「実は、先生にちょっと教えてもらいたいことがあるんだ。バイトとはべつで」

「何を…」

云いかけた言葉は、濃厚なキスで塞《ふさ》がれた。

克哉には今起こっていることが、まったく把握できずにいた。

「俺、キスはうまいだろう？」

唇を離すと、タカシはにやりと笑ってそう云うと、もう一度克哉の唇を吸った。

「俺、女も男もどっちも興味あるんだ。でもなかなか男とやるチャンスがなくてさ」

「おまえ、男子校だろう」

克哉は、すっかりタカシのペースに嵌《はま》ってしまったことに腹を立てていた。

「そうなんだけど、ダチとはそういうことしたらあとが気まずいし、かと云ってあんまり本気でこられてもあとが面倒だし…」

さすがに克哉も呆《あき》れ果てた。これが、たった十七のガキが云うセリフか？…いやたった十七だからこそ、これほどまでに無神経なことが云えるのかも知れない。

「実は部活の後輩で前から狙《ねら》ってるヤツが居てさ、でもそいつスゲェもてるんだ。しかもタカビーでさ。だから、そいつを落とすまでにテクを磨《みが》いてだな…」

タカシの勝手な話に、克哉はだんだん腹が立ってきた。

「…俺にはおまえのお遊びに付き合ってる暇《ひま》はない」

その言葉にタカシはにやりと笑ってみせた。

「…先生、実は俺すごいことに気づいたんだよね」

タチの悪い笑いを浮かべたまま続けた。

「先生、脱税してるでしょ」

タカシは声を潜めてそう云った。克哉は彼の云わんとすることがすぐに呑《の》み込めずに、眉を寄せた。

「ただの学生のバイトにしちゃあ、多すぎる額だからね。目を付けられたらヤバイんじゃないの？」

「……」

「俺が匿名《とくめい》で税務署にタレ込んだらどうなると思う？」

そう云って克哉に笑いかけた顔は、高校生の顔ではまったくなかった。

「…何のつもりだ？」

タカシはにっこりと笑って、すぐに答えようとはしない。

「いい部屋だね」

「細野…」

「タカシだよ、センセ」

克哉は、困惑して彼を見る。

「脱税がバレると、五年前まで遡《さかのぼ》ってがっちり追徴金《ついちょうきん》取られちゃうんだってね。それと罰金もね。まあこっちは知らなかったって云い逃れできるかも知れないけどさ」

「詳しいな…」

タカシは克哉を追い詰めるのに成功したことに、すっかり気をよくしていた。

「…もちろん、そんなことはしないけどね」

そう云って、克哉のグラスも空《から》にした。

確かに、克哉が今までこのバイトで手にしたギャラは、例えばフェラーリでも348あたりなら買えてしまうほどの額なのだ。

克哉は、こんなガキの好きにさせるよりまともに税金を払うことの方がずっとマシだと思ったが、ふとろくでもない考えが同時に浮かんだ。

克哉はタカシの髪をちょっと乱暴に摑《つか》んで自分の方を向かせ、そしてさっき彼が自分に仕掛けてきたキスよりも更に激しいキスで、タカシの好き勝手な無駄口を呑み込んだ。

「…何でも教えてやるよ。なにしろ、僕はきみの家庭教師なんだからな」

一旦《いったん》唇を離してそう云って微笑む。そして再び唇を重ねて、舌をからめた。更に制服のズボンの上からタカシの股間《こかん》を握り込んだ。

「わっ…」

思わず、タカシは腰を引いた。

「…やめとくか？　出直すか？　こっちはどっちでもいいぞ」

最早《もはや》イニシアチブをがっちりと手中に収めた余裕で、克哉はタカシの耳元に囁《ささや》いた。

「…このあと、あんたの男が訪ねてきてフクロにされる、なんてことにはならないだろうな？」

タカシの言葉に、克哉は声を上げて笑った。

「心配するなよ。俺は暴力的な奴とは付き合わないことにしてるから」

タカシはごくりと生唾を飲み込んだ。

「さあ、どうする？」

「……続けて」

返して、克哉の手を摑んで自分の下半身に導いた。

タカシのものは、日ごろのジーンズ姿からも想像がついていた通り、彼が自信過剰になっても仕方がないと思わせるほどのものだった。

克哉は、それをすぐにでも欲しいと思う気持ちを必死で抑えて、うんと彼を焦《じ》らせることにした。下手《へた》にタカシの方に仕掛けられたら、自分の方がずっと飢えていたことがバレてしまうからだ。

克哉は、今までのセックスではあまりやったことがないような大胆な行為で、タカシを自分のペースに巻き込んだ。そしてそれは、思っていた以上に、克哉にとっても刺激的だったのだ。

「すっごく、よかった」

タカシはそう云って、再び克哉の腰に手を回した。

「それはよかったな」

そっけなく云って、タカシの手を剝《は》がそうとする。克哉は、自分もそうだったことを相手に知られたくなかった。

「ねえ、もう一回」

タカシは自分のものを克哉に押し付けて挑発する。そんな行為に、克哉は思わず声を上げそうになった。

「…ねえ？」

「……」

克哉は何とかポーカーフェイスを保っていたが、やめろの一言が云えない。今声を出したら、きっと自分でも呆れるほどの濡《ぬ》れた声になっているはずだ。

「克哉…」

彼が抵抗しないのをいいことに、タカシは彼の名前を耳元に囁いて、背後から彼を抱きしめた。

「あっ…」

とうとう、克哉から短い声が洩れ、それにすっかり気をよくしたタカシは、高校生らしくタフなところを見せて、新しいラウンドを再開したのだった。

バスルームに向かうタカシの背中に目をあてて、克哉はゆっくりと起き上がった。

ふだんそれほど吸わない煙草《たばこ》を机の引き出しから取り出してくわえる。ライターを近づけるのだが、煙草を持った手とライターが小刻《こきざ》みに震えて、うまく火が点《つ》けられない。

「ハハ、なに、震えて…」

思わず自嘲《じちょう》を洩らす。

突然、ぼたぼたっと膝《ひざ》が濡れた。克哉にはそれが何なのかすぐにわからなかった。

「なんで、オレ…」

大粒の涙が次々と溢《あふ》れてくる。

克哉は片手で目を覆うと、溢れてくる涙を押し留めるように、しゃくり上げた。

惹かれていたのは認めるが、それほど好きなわけではないつもりだった。寝てみたのも、ほんの好奇心のようなものからだった。

克哉はこのとき初めて、自分がこんなにもタカシを好きだったことに気づいたのだ。

たまらない、気分だった。後悔していたのかも知れない。

タカシとこんな関係になりたかったわけではなかったのだ。

「…タカシ」

口の中で呟いて、そんな自分を笑う。

ぐいと涙を拭《ぬぐ》うと、シーツで乱暴に顔を拭《ふ》いた。タカシにこんなところを見られたくなかった。

それでも、自分はきっとこの先タカシを拒めない。

そう思うとまた涙が溢れてきて、克哉はもう一度シーツでごしごしと涙を拭いた。


「先生、今度の模試でBランク入りしたら、夏休みはうちの別荘で特別講習してよ」

タカシは悪びれた様子もなくそう云って、克哉の耳を噛《か》んだ。

「バカ、こんなとこで。おふくろさんが入ってきたらどうするつもりだよ」

克哉は慌ててタカシを自分から引き剝がす。

「今日は留守だよ。それにキスくらいいいじゃないか」

力では絶対の自信があるせいか、克哉の腕を逆に摑んで強引に口づける。

「…やっぱり先生が一番うまい」

唇を離すとそう云ってにやりと笑った。

克哉はそういう誉められ方が一番不愉快だった。タカシはそう云って明らかに誰かと自分を比べるのだ。

「…やりたいときはウチに来ればいい。けど、ここじゃ絶対に応じないからな」

冷たく返して、テキストを開く。

タカシはにやにや笑いながら、克哉のそこに手をあてようとして、勢いよく払われた。

「聞いてなかったのか？」

タカシはその声の冷たさに、克哉が本気で怒っていることに気づいてすぐに後悔した。

「ごめん」

あまりに素直に謝られて、克哉の方が苦笑する。タカシのそういう育ちのよさが、克哉はとても好きだった。

セックスだけの関係だったが、それでも自分たちが以前よりは親密になれたことは確かだった。タカシに甘えられたりまた強引にキスされたりすると、自分たちがまるで恋人同士のような気がしてしまうことさえある。

しかしそれが錯覚でしかないことは、克哉もわかっていた。

それでもこの関係を、克哉は既に手放すことができなくなっていた。

「…夏期講習の件は、考えておくよ。もちろん、Bランクが最低条件だからな」

タカシの顔が無邪気な笑みで溢れる。克哉はまた、どきりとした。

夏休み前の全国模試が終わってその結果待ちのころ、克哉たち大学生は、夏休み明けの前期試験に備えてノートの貸し借りに忙しかった。

「ねえ、夏休みどうするの？」

A定食を載《の》せたトレイをテーブルに置いて克哉の隣りの椅子《いす》を引きながら、侑子は挨拶がわりにそう云った。

「…卒論」

ミルクのパックにささったストローをくわえて、ぼそっと返す。

「何よう。楽しい計画があるくせに」

決め付けた侑子の言葉に、克哉は眉を寄せる。そんな克哉に侑子はにやにや笑って、声を潜めた。

「…彼氏、できたんでしょう」

克哉はいきなりの言葉に、ミルクに噎《む》せてしまった。

「まあ、正直だこと」

ほほほと笑って、割《わ》り箸《ばし》を割った。

「…侑子、勝手に決めるなよ」

何とか立ち直って睨み付けてみたが、どうやら遅かったようだ。

「隠すことないじゃない。例のタカシくんでしょう?」

「バカな。あいつはそういう相手じゃないって」

慌てて否定するのを見て、彼女はにっこりと笑ってみせた。

「ふふふ。やっぱり彼なんだ」

克哉は思わず天井を仰《あお》いだ。

「…なんだって、そんなこと知りたがるんだろうね」

「だって、最近克哉って何か楽しそうよ」

「楽しそう?」

克哉は思わず聞き返していた。それは自分とタカシとの関係を考えると、あまりにも意外な言葉だった。

「なんか充実してるように見えるわ。竹下《たけした》ちゃんからも聞かれたんだから、克哉に彼女ができたんじゃないかって」

「……」

竹下は彼らと同じゼミ仲間だ。他人にはそんなふうに見えるのだろうか。それほど自分は浮かれていたのだろうか。

「いいじゃない。好きな人ができて」

侑子の言葉に克哉は敢《あ》えて何も云い返さなかった。

タカシのことを知れば、そしてタカシとの関係を知れば、彼女はきっとやめた方がいいと云うだろう。

ただのセックスフレンドならともかく、克哉の方は彼が好きなのだ。そういう相手と付き合って報《むく》われることがないことは、自分が一番よくわかっている。

それでも、タカシが自分と別れると云い出すまで、克哉の方からこの関係を終わらせることはできなかったのだ。


夏休み前の模試でタカシは約束通り第一志望をBランクまで引き上げ、やる気のあるところをアピールしてみせた。

克哉にいつ来てもいいと云われながらも、彼の部屋を訪ねることをセーブして、この模試に向けてタカシなりにけっこう真面目に勉強したのだった。

もちろん、そのことは克哉が一番よくわかっている。

模試の成績というのは、殆どの場合、とにかくトレーニングがものをいう。タカシが克哉のスケジュール通りにきちんとノルマを消化した結果が現われている、つまり真面目にがんばったのだということは、結果が証明しているのだ。

それを考えると、克哉はタカシの申し出を無下《むげ》に断わるわけにはいかなくなった。


「おい、夏期講習じゃなかったのか」

別荘の鍵を開けて玄関に入るなり、タカシは思い詰めたような口づけを寄越《よこ》した。

「…セックスの講習だろう？」

そう云って、克哉のTシャツを捲《まく》り上げる。

「…ちょっと待て。ここじゃまずいって」

「鍵かけたから平気だよ」

「けど、おまえの家族はここの鍵持ってるんだろう？」

妙に冷静に云って、タカシの手を止める。

「せめて、ベッドルームまで行こう。俺はべつに逃げたりしないから」

「…待てない」

タカシは再び、克哉の唇を貪《むさぼ》る。そして、克哉のベルトに手をかけた。

まったく盛りのついた犬ってやつだな、と呆れながらも、これ以上何を云っても収まりそうになかったから、彼の好きにさせることにした。

しかし、そんなふうに思ってられるうちはまだよかった。

この夏期講習による効果はめざましかった。

タカシは、模擬試験の結果を見てもわかるように、学習能力に秀《ひい》でていた。教えれば飛躍的《ひやくてき》なスピードでそれを身につけ、ことセックスに関していうと、応用の方もかなりのものだった。

克哉は、タカシに引き摺《ず》られていきそうになるのを必死で引き戻す、虚《むな》しい努力を続けた。


夏休みが終わって、それまで順調だったタカシの成績がここに来て初めて停滞《ていたい》した。

偏差値にそれほど変化はないが、志望校別の順位が一気に後退したのだ。

「セックスばっかりやってたからかな…」

タカシは克哉が想像していた以上に落ち込んでいて、その様子が何とも可愛く、思わず抱きしめたくなるのを克哉は既《すんで》のところで抑えた。

「まあ、三日と置かずうちに来てたからな」

克哉がからかうのをまともに受け止めて、タカシは更に落ち込んでいる。

「でも俺、さぼってないよ。本当に…」

必死で云い募《つの》るタカシが、何とも可愛い。克哉はつい、優しい顔を見せてしまう。

「わかってる。そんなに心配するな。実はこのくらい落ちることは計算ずみなんだ」

「……」

「うちの大学を志望する奴の中には、受験勉強とかをせずに入ってくるようなのが何人もいる。そいつらが、ちょうど今頃にちょっと試しに模試を受けてみるんだ。タカシの順位が落ちたのはそのせいだよ」

「じゃあ、このままで大丈夫なのか？」

「まあそういうことだ。ただもうちょっとがんばってAランクには入っておきたいな」

タカシは神妙に頷いてみせた。

「それで考えたんだが、これからは俺のマンションでやらないか？」

「え？」

その意外な言葉にタカシは驚いたが、当の克哉はいたって真面目な顔だった。

克哉は、タカシの部屋でヤバイことをして彼の母親に見つかることを心配していたのだ。

克哉がいくらダメだと云っても、タカシは必ず授業の最中にちょっかいをかけてくる。最後までやることはなかったが、キスだけでなく、かなりヤバイことにエスカレートすることもしょっちゅうだ。

タカシの母親がいきなり入ってくることはないとはいえ、やはり落ち着かない。部屋は防音されているとタカシは云うが、たとえ外に声が洩れることがなかったとしても、いかに彼の家が広いとはいえ、同じ建物の中に彼の母親がいると思うと、気が咎《とが》めて当たり前だろう。

それはつまり、彼の母親に対する罪悪感のようなものだ。

「…いつおまえのおふくろさんが入ってくるかも知れないってのに、おまえは平気で変なことするし」

「そんなこと気にしなくていいのに」

「気にするのがふつうだ」

少し語気を強めた克哉に、タカシはくすくす笑っている。克哉はちょっとむっとした顔をした。

「…どうせ、おまえに我慢しろって云ってもきかないだろうし、それならうちにきて授業はきっちりやってそのあとにやっちゃうって方が、時間の短縮になる」

「…何だか、色気がねえなあ」

そう云いながらも、けっこう嬉しそうだ。

「おまえに色気とか云われたかないね。とにかくやりたい一心なんだから」

克哉が呆れたように云うのを、タカシはにやにや笑って肩を竦めた。

「仕方ないよ。高校生なんて、みんなこんなもんよ」

「そのかわり、けじめはきっちりつけろよ。授業にならないようじゃ、それこそ話にならないからな」

克哉のこの言葉は、なかなか云い当てていたのだ。

「タカシ、おい、ちゃんと人の話を聞け」

テキストをそっちのけで、タカシは克哉の首筋に唇を這《は》わせ、彼のものをジーンズごしに揉《も》み込んだ。

「だって、十日ぶりなんだよ。いいじゃない、こっちが先でも…」

克哉は大学の前期テストのため数回バイトを休み、タカシの出入りも禁止にした。この日はいわば解禁日だったわけだ。

「おまえ、ちゃんと宿題はやったんだろうな」

「もちろん、ばっちりだよ。他にやることないからな。だから、いいだろう?」

いいも何も、克哉の下半身はほぼ露《あらわ》にされてしまっている。

「…オーケイ、わかったから、ベッドに行こう」

「やだ」

「やだ?」

克哉は思わず顔を顰《しか》める。そんな彼の唇をタカシはべろりと舐《な》めた。

「克哉はわかってないな。こういうシチュエイションがいいんじゃないか」

「こういうって…」

返しながらも、声が俄《にわか》に濡れてきているのがタカシにもわかってしまう。

「いかにも、って感じだろう？　それに椅子に座ったままっての、いっぺんやってみたかったんだ」

「バ…カ…」

しかし、それは誘いをかけたようになってしまった。

タカシは直《じか》に克哉のペニスに触れて、煽《あお》るようにしごき始めた。克哉はその快感に浸る自分を抑えて、同じようにしてタカシのジーンズを脱がせにかかる。

克哉は既に、自分の方こそがタカシとセックスがしたいのだという事実を認めていた。

そして、呆れるほど上達した彼のその技巧に酔いながらも、何とかして自分の感情が一線を越えずにいることに大変な神経を使っていたのだ。

セックス抜きのときには、自分の思いを隠すことなどそれほど大したことではなかった。しかし、抱かれているときはそうはいかない。気を許すと、とんでもないことを口走りそうになってしまうし、泣き出してしまいそうになることもある。

タカシが、自分をただのセックスフレンドにしか考えていないのはわかっている。そんな彼に、絶対に本心を知られるようなことになってはいけない。

自分がしっかり自分自身を管理できなければ、タカシとの関係も、もっと云うなら彼の将来も、自分の手で壊しかねない。

その強迫観念が、克哉の感情をともすれば暴走しそうになるのを抑え込んでくれた。

「克哉は、就職決まったのか？」

シャワーも浴びてすっきりしたところで、授業再開だ。

「大学院に進むんだ。云ってなかったか」

「聞いてないよ。…それって試験とかあるんじゃないの？」

「あるよ。もう受かってる」

あっさりと答える。

「卒論の準備とかはしてる？」

「当たり前だ。おまえに心配してもらわなくても、自分のやるべきことはちゃんとやってるさ。

そんなことより、宿題見せろよ」

まだ、そこから抜け切ってないだるさを感じながら、彼から用紙を受け取る。

「……ねえ、それって誘ってるの？」

タカシの手が克哉のうなじにかかる。

「ああ？」

面倒くさそうに、克哉はその手を払いのけた。

「なんで、そんなに色っぽいんだよ」

確かに、タカシがそう云いたくなるのは仕方ないほど、行為の直後の克哉は、ベッドに居るとき以上に悩ましく見える。

克哉はタカシを一瞥《いちべつ》して、宿題のチェックに視線を戻したが、タカシにとってはそれさえも誘っているように映る。

「克哉…」

タカシはめげずに、克哉の髪に手を伸ばす。

「…何やってんだ？」

「だって、やってほしそうに見えるよ」

克哉はむっとして彼を見上げたが、タカシは悪戯《いたずら》っぽく笑ってそれを受け止め、彼の頬を撫《な》でる。

「やめろよ」

「どうして？」

「どうしてだって？　さっきあれだけやっといて、まだ足りないのか？」

「足りないのは、そっちじゃないの？」

にやにや笑って返すと克哉の首を舐める。克哉はそんなタカシの頭を押し返した。

「…こっちはまだ後遺症から抜け切れてないだけだ。おまえみたいに出してすっきり、シャワー浴びたらもう忘れちゃう、なんてほどタフじゃないんだ」

そう云われても、あちこちにキスマークを残して、けだるそうに溜め息をつかれては、挑発以外の何ものにも映らない。

なにしろ、タカシの身体《からだ》の方は既にその気になってしまっている。

「克哉…」

タカシは自分のそこに、克哉の手を触れさせた。

「…おまえ」

克哉は呆れて溜め息をついた。

「いったい、何回やるつもりだ？」

「十日分にしちゃ、大人しいもんじゃないか」

タカシはいっこうに悪びれるところがない。

「悪いけど、俺の方はおまえにいいようにやりまくられて、ガクガクなんだよ。座ってるんだってやっとなんだからな」

その一言は、タカシを喜ばせただけだった。

「それじゃあ、横になれれば？　もっとガクガクにしてやるよ」

あっという間に克哉の身体を抱き上げて、ベッドルームに運んだ。

「タカシ、ふざけるなよ」

睨み上げた克哉は、タカシにとってはたまらなく魅力的だった。

「だめだよ、そんな顔しても。今日はもう諦めてくれ。俺、明日でも明後日《あさって》でも出直すからさ」

「…勝手なことを……」

云いかけた言葉は、タカシのキスに遮《さえぎ》られた。克哉は、ちょっと苦笑して、そして目を閉じた。

「タカシ…」

彼の名前を呼びながら、いったいいつまでこんなことが続くのだろうと、ふと思った。


彼らの関係が終わりを告げたのはけっこう早かった。

学園祭のシーズンも終わって、いろいろなことがひとつの終わりに向かって進み始めたころだった。

「今年の初滑《はっすべ》りはどうする？」

卒論の中間発表が終わってとりあえず一段落ついたせいか、ゼミ仲間の竹下は脳天気なことを云い出していた。

「…竹下ちゃん、教授が絶望的な顔してたのに気づかなかったの？　口頭試問まであとふた月もないのよ。就職決まってるんでしょう。卒業できなかったらどうするのよ」

「俺、そんなひどかったか？」

竹下は克哉に否定してもらいたかったようだが、克哉は侑子の意見に賛成のようだった。

「クリスマスも正月も返上して、ふた月寝る間も惜しんでひたすら数式いじり回せば、何とかなるんじゃないのか」

「……」

彼はがっくりと肩を落とした。

「私だって、今年は帰省しないつもりなんだから」

彼らのゼミは、同じ専攻の中でも一番厳しいので評判なのだ。

「けど、中井は彼女とクリスマスするつもりなんだろう」

竹下が恨めしそうに自分を見るのを、克哉は黙って無視した。

実はもう半月以上、タカシとは会っていなかった。ちょうど卒論の中間発表の時期とタカシの期末試験の日程が重なることもあって、その少し前にタカシのスケジュールを完了させていたのだ。

タカシには、わからないことがあればいつでも聞きにくればいいと云っておいたのだが、卒論で忙しい克哉に遠慮してか電話もかかってこない。

「…もしかして、彼女に振られたのか？」

竹下に云われて、克哉は愕然《がくぜん》とした。

家庭教師としての自分の役目は、既に完了しているのだ。それは同時にタカシとの関係も終わりになってしまったということではないのか。

それまでは、授業の日は必ずそういうことをしていた関係だったし、それ以外の日でもタカシは克哉の部屋を訪ねてきていた。だからスケジュールが完了したとはいえ、タカシのことだからやらせろと云ってくるに違いないと思い込んでいた。

こんなふうにあっけなく終わってしまうものなのだろうか。

「…克哉、どうかしたの？」

黙り込んでしまった克哉を、侑子が心配そうに見る。

「中井、元気出せ。俺がいい女紹介してやるから」

「ダメよ。あんたは年上趣味でしょ。克哉は年下が好きなんだから」

「おい、侑子…」

「何だよー、女子高生かよ。まいったね。中井って案外そういうの好きなんだ」

同じ高校生でも女子高生じゃないんだよなと二人は思ったが、敢えて訂正はしなかった。

「けど、中井を振るなんて大した子だなあ」

竹下はカン違いして勝手に納得している。

「竹下ちゃん、あんたそのこと云いふらさないのよ」

侑子はちょっと怖い顔で竹下を見た。

「わかってるって」

竹下が慌てて返す。

「それに、俺たち今はそれどころじゃないしな」

「少なくともあんたはね」

侑子にびしっと返されて、竹下はすごすごと教室を離れた。

「…克哉、相談に乗るわよ?」

侑子がそっと克哉に耳打ちする。

「え…」

「タカシくんなんでしょう？　克哉がそんなに不安な顔してるの初めて見るわ」

克哉はちょっと眉を寄せた。

「…べつに、そんなんじゃない」

「克哉、ほしいものはちゃんとほしいって云わないと、あとで後悔しても遅いのよ」

克哉は、その侑子の言葉が暫く頭から離れなかった。


それでも、タカシに会いに行くのはためらわれた。口実もないのに何と云って訪ねればいいのかわからない。

今彼を諦めることができれば、これで自分たちの関係は何ごともなく終わらせることができるというのに、克哉はあと少しだけでもそれを延ばしたかったのだ。

克哉は、徹夜で作った追加のレポートを届けに行くことにした。こんなことをしている自分がなんとなく哀れだったが、このときはそれ以上にタカシに会いたいという気持ちの方が強かった。

しかしその勢いだけでタカシの家まで来てしまったが、家に居たのは家政婦だけで、克哉はすごすごと駅まで引き返すことになってしまった。

意気消沈《いきしょうちん》して自販機で切符を買おうとして、突然声をかけられた。

「先生、こんなとこでどうしたんだい？」

振り返ると、タカシが同じ制服を着た少年と一緒に立っていた。

「え？　ああ、ちょっとな」

曖昧に返して、克哉はふとタカシの隣りの少年に目を向けた。可愛いと云って差し支《つか》えない容姿だが、我儘《わがまま》そうな目が自分を睨み付けていた。

「あ、こいつ俺の後輩。前に先生に話したことあるだろ？」

そういえば、狙っている後輩がどうとか云っていたことがあったのを思い出した。

克哉は急に指先が震えてくるのを感じて、彼らに気づかれないように、ぎゅっと拳《こぶし》を握り込んだ。

「何だよタカシ。僕のこと話したって？」

甘えるような声で抗議している。

「だから、この人は俺の家庭教師《カテキョー》で、おまえのことで相談に乗ってもらってたんだよ」

「相談って何だよ？　どうせタカシのことだから変なこと教えてもらってたんだろう」

「そんなんじゃないよ、ねえ先生」

彼らの無神経なやり取りに、克哉は曖昧に笑ってみせたが、内心は吐き気がしていた。

少年の甘えた声を聞いているといらいらしてくるし、こんなガキに嫉妬《しっと》している自分にもいらいらしてくる。

「勝手にやってろよ」

わざと呆れたように云ってみせて、さっさと切符を買う。

「あ、先生。また電話するから」

タカシは克哉にそう云って手を振ってみせたが、それが少年を妬《や》かせるための言葉であることはわかっていた。

二人を振り返りもせずに改札を抜けた。

駅の階段を上がりながら身体中の力が抜けていくのを感じていた。今大声で泣くことができればどれほど楽だろうか。

無性に誰かに慰《なぐさ》めてもらいたかった。克哉は自分がこんなに弱い人間だったことを初めて知った。


タカシが自分に本気になるわけがないということを、克哉は最初からわかっていた。

彼は面倒のない相手だからこそ、克哉との関係を続けていたに過ぎない。

魅力的でものわかりがよくて、甘えさせてくれる相手。自分のことを詮索《せんさく》しないし、何の責任も負わなくてもいい気楽な関係。

タカシはそういう意味で、克哉のことを気に入っていた。

タカシは克哉のことを、好きとか愛しているとか、そういうレベルで考えたことがなかったのだ。最初から、恋愛の相手としては考えていなかった。

そのことは克哉が一番よくわかっていた。わかっていたから、最初から何の期待もしていなかった。

そんな克哉にとっての唯一の救いは、タカシが克哉の気持ちに気づこうとすらしないことだった。

タカシは、克哉の方でも自分のことを都合のいいセックスフレンドだと考えていると思い込んでいたようだった。無論それは克哉がそう仕向けたせいだったからだが、克哉はタカシにだけは自分の本当の感情を知られたくなかったのだ。

タカシに自分以外の相手が現われた今、彼の鈍感さが克哉にはありがたかった。少しでもタカシが自分の気持ちに気づいていたとしたら、自分は今以上に惨《みじ》めな気持ちになってしまう。同情も軽蔑《けいべつ》も憐《あわ》れみも、そんな感情をタカシから向けられるのはたまらない。

自分はただの家庭教師だったのだ。ちょっと受験に関係ないことも教えたりはしたが、それだけのことだ。

そう割り切る以外なかった。

自分がたかが失恋でこんなにまいっているとは思いたくなかったが、卒論の口頭試問でダメ出しをされてしまった。

ゼミの中でも飛び抜けて優秀で、中間発表では何の問題もなく教授も一番の期待をかけていただけに、ことは深刻になった。

「…きみらしくないな」

尊敬している教授の期待を裏切って、克哉は自己嫌悪でいっぱいだった。

「私生活でトラブルでも？」

克哉は項垂《うなだ》れて、小さく頷いた。

「経済的なことや、深刻なことなら…」

心配してくれる教授に、克哉は慌てて首を振った。

「いえ、そういうことではありません」

「…自分で解決できるのかね」

「…ええ、たぶん…」

克哉は唇を噛む。

「提出にはまだ時間があるが、このままではダメなことはきみが一番わかっているだろう」

「はい……」

彼らの大学では、卒論は卒業式までに提出すればいいことになっている。それだけに中間チェックが厳しい。そのときの評価で卒業が決まるようなものだからだ。

「それじゃあ、来週もう一度来なさい。その経過を見せてもらって決めることにしよう」

克哉は深く頭を下げて、研究室を出た。

同じゼミでは過半数の学生がダメ出しをされていたのだが、克哉がその中に入るはずはなかったのだ。

克哉は、このままでは問題は何も解決しないことがわかりすぎるほどわかっていた。

どんな哀しみも時間が解決してくれるはずだったが、克哉にはその時間がなかったのだ。

そして彼は、集中するための安眠と安らぎを手に入れるために、新しい相手を捜すことにした。

それほどせっぱ詰まっていたのだ。


タカシが合格を知らせてきた日の夜も、克哉はクラブで知り合った男のアパートで過ごした。

特に贅沢《ぜいたく》を云いさえしなければ、相手はわりとすぐに見つかった。優しくされれば誰でもいいような気にさえなっていた。

何度も同じ相手から誘われると、高校生にさえ相手にされなかった自分でも必要とされているようで嬉しかった。

それが勘違いでもかまわない。それで自分の気持ちが安らぐなら。


合格発表の数日後、克哉はタカシの家を訪れた。

もちろん今更会いたくなかったが、自分とタカシだけのことではなく、彼の両親に対する礼儀として行かないわけにはいかなかったのだ。

彼の家では珍しく父親も揃《そろ》っていて、大袈裟《おおげさ》すぎる感謝の言葉と一緒に恐らく今までで最高額であろうボーナスを手渡された。

まだ卒論が完成していないことを理由に食事は遠慮することを予《あらかじ》め伝えておいたので、挨拶だけで早々に帰ることができそうだった。

「先生、タクシー呼びますから」

そう云って母親が受話器を取ろうとするのを、タカシが止めた。

「おふくろ、俺が先生送るから…」

「え、いや、まだ早いですから電車で帰ります」

慌てて断わる克哉にタカシはにっこり笑ってみせた。

「遠慮しなくていいよ」

「いや、本当に…」

「俺ちょうどこれから出るんだ。あ、帰り遅くなるかも知れないから、先に寝てて」

云いながら車の鍵を探している。克哉が本気で嫌がっているなどと想像もしていないようだ。

「先生のご迷惑になるようなことはダメよ」

「わかってるよ」

「タカシ、無茶なスピード出すんじゃないぞ。もしものことがあったら大変だからな」

心配する父親に、タカシはわかってるよと云いたげに頷いてみせる。

「大丈夫だって。おやじより先生の方がそういうことうるさいんだぜ。な？」

そう云ってウインクを寄越す。克哉は思わず眉を寄せた。

「先生、またいつでも遊びにいらしてくださいね」

母親の言葉に、克哉は曖昧に笑って返す。

タカシはさっさと玄関に向かっている。克哉は諦めてそのあとを追った。

「来週には俺の車がくるはずなんだけど、今日はおふくろの車で我慢してよ」

そのおふくろの車は、赤のアウディだ。

車を発進させると、タカシは口元でちょっと笑って、彼に打ち明けた。

「以前に一度駅で会った奴のこと覚えてる？　俺の後輩の…」

「…ああ」

「あいつ今まで俺の先輩とも付き合ってたんだけど、俺がK大受かっちゃったもんだから、すっかり尊敬してくれたらしくてさ。先輩は振って俺だけのものになるなんて云うんだ」

「……」

まるで低能な女子高生の話を聞いてでもいるようだ。

「まああいつと寝たときから、俺のものにする自信はあったんだけどさ。先輩より俺の方がうまいってのは、すぐにわかったからさ」

そんなことを自慢げに話すタカシは、克哉が好きだった彼からは遠かった。

所詮《しょせん》は高校生なのだ。バカで低能で一人じゃ何もできなくて自分たちだけの狭い世界しか知らないくせに、セックスだけは一人前にやりたがる。

タカシはそういう奴らとは違うと思っていたが、所詮は同じ今どきの高校生なのだ。そのことをこのとき初めて痛感したのだ。

「なにしろ、俺先生からいろいろ教えてもらったもんな。感謝してるんだ」

「…そうか」

「本当だぜ。それもこれも、全部先生のおかげだよ」

そう云って、克哉が好きだった優しい笑顔を見せる。

いったいなんなんだ、この男は。

「でさ、これ俺から先生に…」

信号で車を停車させると、小さな箱を取り出した。

「え…」

「ピアスなんだ。先生、右耳空《あ》けてるだろ？　着けてるのは見たことないけど」

「……」

「実は俺も空けたんだよね。左だけど」

にやっと笑うと、人さし指で耳を示した。

この日はずっとタカシの顔を見ないようにしていたせいと、石が小さくて色も薄くあまり目立たなかったせいで、克哉はタカシがピアスをしていたことにそのとき初めて気づいた。

後続車のライトが石に反射してきらりと光る。小さな石たったひとつだけのことで、タカシの印象が変わったような錯覚に陥る。何というか妙に色っぽいのだ。

やばい。絶対にやばい。こういうタカシは苦手だ。

「…綺麗な色だな」

信号が変わってタカシが車を発進させると、その音に掻《か》き消されるほどの小さな声で呟いてふっと目を逸らせた。

「シェリー酒みたいな色だろ？　ピンク・トパーズって云ってさ、トパーズの中じゃ一番いい石なんだよ」

「…ふうん」

「実は先生のやつ、俺の片割れなんだよね」

「えっ」

タカシはくすっと笑ってみせた。

「もともとは先生のを買うつもりだったんだけど、日本じゃメンズ用として売ってないんだよな」

メンズ用のピアスはふつうシングルでしか扱っていない。

「…けどおまえ、そういうのって変じゃないか」

変に決まっている。なんだって、タカシとペアのピアスをしなければならないのだ。

「そうかな。先生が嫌なら外してもいいよ」

素直に云われて、克哉はまた妙な気分になる。ついさっき、こんなバカはとっとと嫌いになってやると思っていたはずなのに、ちょっと親切にされたからって簡単に気持ちが揺らぐとは、バカなのは自分の方だ。

「…嫌ってわけじゃないけど、おまえの相手が変に思うんじゃないのか」

「べつにいいじゃない。それより、開けてみてよ」

「…それと一緒なんだろ？」

「そうだけど、着けてみてよ」

克哉は思わず躊躇《ちゅうちょ》する。何だか、やっぱりこういうのは変だ。

「…やっぱり返す」

リボンのかかった箱をサイドブレーキ側のボックスに置く。

「え、なんで？」

克哉の顔を覗き込む。

「…穴、塞がりかけてるから」

「だってさっき、嫌じゃないって…」

思わず云い募ろうとしたとき、走行ラインが逸れて対向車から抗議のクラクションを鳴らされた。

「バカ、前見ろ！　危ないじゃないか」

「あ、ごめん…」

「初心者のくせに、運転中にべらべら喋《しゃべ》るからだ」

克哉は冷たくそう云って、前を向く。そしてタカシが何か云い出すより先に、すぐ近くの交差点で車を停《と》めるように云った。

「銀行寄って、さっき貰《もら》ったボーナス預けておきたいんだ」

とっさに出た嘘だった。

「…それじゃあ、待ってるよ」

「いいよ。俺もそのあと寄るところあるし」

タカシの顔も見ずに返す。

「…そう」

タカシはちらと克哉を見たが、それ以上何も云わずに克哉が指定した交差点に停車した。

「ここでいい？」

「ああ。…ありがとう。悪かったな」

「……」

「…それじゃあ、気を付けてな」

シートベルトを外して後方を確認すると、ドアを開けた。

「…克哉！」

降りようとするところを、いきなり呼び止められた。

「やっぱりこれ貰ってよ。嫌なら捨ててくれてかまわないから」

そう云って、ピアスの入った箱を押し付ける。

「え……」

「ほら、早く。他の車の邪魔になってる」

急《せ》かされて、克哉はそれを受け取っていた。

「じゃあね、先生」

にやっと笑うと、克哉がドアを閉めるなり急発進させた。

自分の手の中に残されたその箱に目を落として、克哉は暫くその場に立ち尽くしていた。


ぎりぎりで卒論も通って、克哉は無事に大学院に通うことができた。

新学期が始まって既にひと月以上たっていたが、もちろんタカシから連絡はなかったし、大学で見かけることもなかった。同じ大学とはいえキャンパスの広さを考えれば、在籍学部が違う彼らが構内で出会う可能性はきわめて低いのだ。

学業の方はそこそこ無難にこなしてはいたが集中しているとは云い難く、先日も侑子に嫌味を云われたばかりだった。

結局克哉はいまだにタカシのことを引き摺っていて、相変わらずクラブ通いは続けていたのだ。

そのクラブはインテリアと音楽のセンスが飛び抜けていることで評判になっている店だった。

もちろん、ゲイよりはストレートの客が殆どで、皆かなり気合いを入れてドレスアップしてきている。

克哉はあくまでも男を引っかけるのが目的だったわけだから、おしゃれに決めているわけでは無論ない。それでもどこか妙に目立つのだ。

その日も、彼にしては少し遅い時間にそこに顔を出していた。

家庭教師をする気になれずに、替わりに始めたプログラマーのバイトが忙しく、少し久しぶりだったせいか、顔馴染《なじ》みがすぐに声をかけてきた。

カウンターにもたれかかって話をしていると、ふと背後で覚えのある声が聞こえた気がした。

何げなく振り返って、その声の主と目が合った。

「え？　タカシ？」

克哉は思わず声に出していた。

最後に会ってから三ケ月近くがたっていて、その間にタカシはずいぶんと大人びたように見えた。

「あれ、先生？」

タカシは少し驚いたように、それでも薄く笑ってみせた。

「意外だな。先生がこういうとこ来るとは思わなかった」

克哉は心臓が飛び出しそうになるほど動揺していたが、それを悟《さと》られないように、無理に笑ってみせる。

タカシは女性連れだった。彼女に克哉が自分の家庭教師をしていたことを話している。

よく考えてみれば、ミーハーなタカシがこういう店をチェックしていないわけがなかった。ゲイが多いことはそれほど知られてはいなかったが、とりあえずこのあたりでは一番評判の店なのだ。

相変わらずタカシはヨーロッパブランドで決めていて、高校生の匂《にお》いがすっかり抜けている。どこから見てもいっぱしの遊び人の大学生に見える。

克哉の方は大学に行くのとあまり変わらない格好をしていた。違いを強《し》いて云うなら、ジーンズが一インチ小さかったことと、銀のリング型のピアスが目立っていたことくらいだろう。

「よく来るの？」

克哉はタカシのくれた箱をまだ開けることができずに、引き出しの隅に入れたままだったのだ。

「…まあな」

答えながらちらとタカシを見る。ピアスはしていたが、あのときのものではなかった。

「ここレベル高いね。選曲もいいし、特に客層いいよ。ガキが圧倒的に少ない」

おまえはガキじゃないのかと云いたかったが、少なくとも見た目は自分よりもタカシの方が年上に見えることに気づいて何も云い返さなかった。

「大学じゃ全然会わないのに、こんなとこで会うとはね」

そう云って笑う顔は、やっぱり少し変わったような気がする。大人びて見えた中に子供っぽさが見え隠れする、あの顔ではない。もうすっかり大人の顔なのだ。

克哉が何か云おうとする前に、タカシの彼女が彼を呼んだ。

「それじゃあ、また」

「…ああ」

タカシはあっさりとそう云うと、さっさと彼女のところへ戻った。

克哉は暫く茫然《ぼうぜん》としていた。

さっきまで話していた相手に、適当に相槌《あいづち》を打ちながらも実は何も聞いてはいなかった。

あの彼女と付き合ってるんだろうか、それなら例の後輩とはどうなったんだろうか。そんな考えても仕方がないことを考えて、滅入《めい》った気分になっていく。

自分がまだこんなにタカシに気持ちを残していたことを再確認して、やり切れない気持ちになった。

タカシに会うのが嫌で、克哉はクラブ通いをやめてしまっていた。そんなときに知人から少し年上の男を紹介された。

スーツのよく似合う外科医だった。学生時代はアメフトをやっていて、今でも暇を見つけてはジムに通って鍛えているらしい。

克哉はもともとかなり惚《ほ》れっぽい。タカシのことがなければ、自分はこの男に簡単にまいっていただろう。

バイト先のソフト会社にメルセデスで迎えに来てくれて、そのままホテルに向かった。

地下のパーキングに車を停めて、降りようとするところをいきなり腕を摑んで引き寄せられた。

「何…」

云いかけた言葉は口づけによって塞がれた。男は克哉の舌を捕えると、自分のそれを激しくからみ付かせる。そうしながらも、克哉の股間に手を回してそこを刺激する。

これから部屋でいくらでもやれるのに何もこんなところで、と克哉は思ったが、こういう性急さが嫌いではなかった。

しかし男は克哉がその気になってきたところで、いきなり愛撫《あいぶ》を中断させた。

「え…」

「…続きはチェックインしてからだね」

にやにや笑ってそう云うのを、克哉は思わず睨み付ける。

「きみは焦らした方がうんと積極的になってくれるからさ」

嬉しそうに笑う。克哉はこの顔も実は嫌いではなかった。

このままこの男と付き合えば、タカシのことは忘れられるかも知れない。そんなことを思って、車を降りた。

ロビーは待ち合わせの人で混雑していた。

克哉は身体の中心が熱くなったままで、なんとなく落ち着かない。視線を床に落としたまま、男がチェックインするのを待っている。

まさか、それをタカシが見ていたなどと気づくはずもなかった。


翌日、克哉はホテルから大学に直行して、研究室に顔を出して昼過ぎにはマンションに戻った。

部屋の前に誰かいるのに気づいた。

「え…」

立っていたのがタカシだったことがわかると、克哉は驚いて持っていた物を落としそうになった。

「タカシ？」

彼が克哉の部屋を訪れるのは、ほぼ半年ぶりだ。長い時間待っていたらしく、ドアの前に煙草の吸い殻が散乱している。

「どうかしたのか？」

タカシはそれには答えずに、克哉を頭の上からつま先までじろりと見た。

「…上がって、いい？」

「あ、ああ…」

克哉は慌てて鍵を開けて、彼を中へ促した。

タカシは、克哉がホテルで見たときのようにピアスを着けているのに気づいた。もちろん自分が贈ったものではない。

「…ピアス、似合うね」

「え…」

いきなりそんなことを云われて、克哉は顔が赤くなるのを意識した。ふとタカシを見ると、彼はあのときのピアスを着けている。

「俺があげた奴は？」

「あ…」

「…やっぱり気に入らなかったんだ？」

責めているような口調だった。

「で、それは誰に貰ったんだい？」

いらいらしたように云う。

いきなり訪ねてきて、まさかそんな話がしたかったわけじゃないだろうと克哉は思った。それよりも、克哉にはタカシが何だか自分に対して怒っているように感じるのだ。しかしその原因がわからない。

「タカシ、いったい何が…」

「…昨日、ホテルであんたを見たよ」

云いかけた言葉を遮って、タカシはできるだけそっけなく云った。

「え…？」

「背の高い男と一緒だった」

タカシがホテルのロビーに居たのは、待ち合わせのためだった。

あまりホテルを使うのは好きではなかったが、相手が既婚者だったためその方が都合がよかったのだ。

彼は自宅から大学まで充分通える距離なのにもかかわらず、我《わ》が儘《まま》を云ってけっこう贅沢なマンションで一人暮らしをしていた。つまり、たいていの相手はそこに連れ込んでいたのだ。

昨日の彼女はブティックの社長で、買い付けのための出張という名目で、オーナーである夫の目を盗んでは、若いツバメと楽しむのを趣味にしていた。

タカシは珍しい体験なら何でも大歓迎だった。ちょっとでも気に入った相手とはすぐに付き合うことにしていたし、場合によってはかけもちということもしょっちゅうだった。

そういうことをしているのは、何も自分だけではない。タカシの周囲の友人たちは皆似たようなものだった。

本気の恋愛をバカにしているわけではなかったが、それよりも面倒がなく楽しめる方が気楽だったのだ。

そうしながらも、そのうち本気で好きな相手が見つかると思っていたし、そういう相手が見つかってから真剣な恋愛って奴をやればいいと、まあ無責任なことを考えていたわけだ。

彼女を待つ間に、ロビーラウンジでホテルに出入りする人たちを眺めていて、ふと一人の男に目を留めた。

それは間違いなく克哉だった。

一緒にいた長身の男がフロントで鍵を貰うのを、少し離れたところで待っている。

ゲイのカップルには間違っても見えない。友達同士だと思う方がよほど自然だ。

しかし、タカシにはどうしてもそうは思えなかった。

克哉のマンションはここから車で二十分ほどの距離だ。それなのにわざわざホテルに泊まるのは妙だし、仮に相手が遠くから遊びに来ていて食事だけ一緒にするとしても、食事をするには克哉の服装はラフすぎた。彼がそのくらいのTPOはきちんと弁《わきま》えていることをタカシは知っていた。

克哉が自分と同じ目的でホテルに来たのだと確信したのは、相手の男の指が克哉の耳を軽く撫で上げた瞬間だった。克哉は濡れた目で男を見上げたのだ。

離れていたのに、自分でも不思議なほどはっきりと克哉の表情が見て取れた。

克哉は、ふだんはまずそういう顔はしない。クラブで会ったときでさえ、彼は愛想のない顔をしていた。

そんな克哉があああも色っぽい顔をするのを、実はタカシは何度も見たことがあった。

あれは、情事の直後に見せる顔だ。もちろん最中の顔はもっと色っぽい。

恐らくホテルに入る前に車の中あたりで挑発されたのだろう。できるだけさりげなく振る舞ってはいるが、克哉がその気になっているらしいことは間違いない。

自分以外の男に平気でそんな顔を見せていることに、理不尽な怒りが込み上げてくる。

廊下の照明に反射して、克哉のピアスがまるでタカシを挑発するかのようにきらりと光った。

タカシは自分の中心が熱くなっているのを感じた。同時に相手の男にものすごい嫉妬を感じて狼狽《うろた》えた。

今の今まで、克哉のことなど忘れていた。

彼が他の男とホテルに泊まるところを目撃したくらいで、なぜこんなにショックを受けているのかよくわからない。

クラブで会ったときも、タカシは彼のピアスにさえ気づかなかった。もしかしたら、あのとき克哉と話をしていた男は、彼の相手だったのかも知れない。今ごろそんなことに気づいた自分にタカシは自嘲を洩らす。

克哉がもてるはずだと以前云ったのは自分だ。彼にそういう相手が居ても少しもおかしくない。それどころか、自分は克哉にそういう相手がちゃんといると思い込んでさえいたのだ。

それなのに、それを目《ま》のあたりにしてこれほど動揺してしまう自分がわからない。

「お待たせ。食事はすませた？」

彼女がやっと現われたというのに、タカシはそれには気づかずに、二人が乗り込んだエレベーターから目が離せずにいた。

「…タカシ？」

不快感を隠そうともしないタカシに、彼女が不審そうに声をかける。

「…あのヤロウ…」

そのとき、克哉が自分ではない誰かと一緒に夜を過ごすという事実に、本当の意味で気づいたのだ。

そしてそれはタカシをたまらなく不愉快な気分にしたのだ。

「え？　タカシ、どこ行くのよ」

慌てて彼女が自分を呼び止める。

そのときになって初めてタカシは彼女の存在に気づいた。彼女が止めてくれなければ、自分は克哉たちの部屋に押し入っていたかも知れない。

タカシはやっとのことで自分を抑え、彼女とレストランに向かったが、むかむかした気分をどうしても収めることができずに、結局適当な理由を付けて帰ってしまった。

「あいつはあんたの恋人なのか？　そいつと泊まったんだろう？」

克哉は、それがタカシの嫉妬だということにすぐには気づかなかった。タカシがこんなふうに不機嫌な顔で自分を問い詰める意味がまるでわからない。

「…おまえには関係ないだろう」

困惑して返す。それはよけいにタカシを怒らせた。

「関係ないだって？」

「おまえ、何怒ってるんだ」

「あいつはあんたの何かって聞いてるんだよ」

強い口調に、克哉は眉を寄せた。

「変な云い方するなよ。まるで嫉妬してるみたいだぞ」

そのときの克哉はからかってるつもりなど少しもなかったのだが、結果的にはそうなってしまったようだ。

タカシはいきなり克哉の髪を摑んで乱暴に引き寄せると、その唇を貪るように吸い込んだ。

「な…！」

慌ててタカシを突き飛ばそうとしたが、更に強い力で押さえ付けられた。

「バカ、何する気だ。放せよッ！」

克哉の強い抵抗は、却《かえ》ってタカシの暴力的な欲望を煽っただけだった。

ジーンズのファスナーが下ろされ、タカシの手が入り込んでくる。

「やめ…っ！」

克哉は必死で抵抗する。こんなやり方は耐えられなかった。しかしタカシはかまわず乱暴に彼のジーンズを引き下ろす。

「タカシ、やめて、くれ…」

懇願《こんがん》するような声に、タカシははっとして動きを止めた。

「…こんなのは、いやだ…」

唇を噛んで今にも泣き出しそうだった。

タカシは力を緩めた。

「ごめん…」

「……」

克哉は泣き顔を見られたくなくて、片手で顔を覆った。

「…俺、嫉妬したんだ」

「え…？」

驚いて自分を見る克哉に、今度は優しく彼の涙を舌で舐め取った。

「もう、ひどいことしないから」

低く囁いて、口づける。

「…いい？」

ピアスを着けた方の耳に囁く。

克哉は目を閉じると、黙って頷いた。


自分の耳を舐めるのがタカシの舌だと思うだけで、克哉はいきそうになってしまう自分を感じていた。

下半身に伸ばされて、自分のペニスを弄《もてあそ》んでいるのもタカシの指だ。

今までどれほどそれが欲しかったのか、嫌というほど思い知った。

目を閉じていても、そして目を開けていても、そこに居るのはタカシだった。そう思うだけで、身体中が火照《ほて》ってくる。

「…克哉、もうこんなになってるよ」

からかうように云って、後ろに指を埋める。途端《とたん》、克哉の身体が跳ね上がった。

「声上げていいよ」

云いながら、埋めた指を克哉の中で動かしてみる。

「あうっ…」

「もっと、声聞かせて」

そう云って更に脚を開かせる。思わず克哉が抵抗する。それに気づいて、タカシは口元に笑みを浮かべた。

「ちゃんと見せてよ」

克哉が真っ赤になるのを、にやにや笑って見下ろす。

克哉はタカシがそういうことが好きだったのを思い出して、あまりにも素直に反応してしまった自分に腹が立った。

それでも、克哉はタカシに触れられているというだけで身体が疼《うず》いて我慢ができなくなっていた。しかも、タカシときたら焦らすのがすっかりうまくなっていたのだ。

「…タカシ、早く、しろよ」

強気に云って、彼を促す。

「克哉、お願いするのにそういう云い方はないだろう」

いやらしく微笑みながら、克哉に埋めた指を増やした。

「あっ、タカシ…」

「これじゃ足りない？」

無言で頷く。

「…克哉、ちゃんと云わないとあげないよ」

克哉は力なくタカシを睨み付ける。

「そういう顔、色っぽいなあ」

「…おまえ、いつからそんなスケベじじいみたいなこと云うようになったんだ」

再び強気に返した。

「ぐだぐだ云ってないで、てめえのデカイやつをさっさと挿《い》れろって！」

タカシが思わず苦笑を洩らす。が、彼は意外に克哉のこういうところが好きだった。絶対にやられるばかりじゃないところ。克哉は、相手に完全にリードを握られるのが嫌いらしい。

「…克哉ってサイコー」

にやっと笑って、タカシは自分のものを彼の中に挿入した。

焦らすような微妙な動きに、克哉はたまらなくなって声を上げた。

半年ぶりにタカシを受け入れて、彼がたった半年ですっかり変わってしまっていることに、克哉はこのときやっと気づいた。

そのときまで、克哉は今そこに居るのがタカシであることの充実感に夢中になっていて、そんなことにも気づかなかった。克哉はタカシの欲望を受け止めながら、自分を抑えられなくなるのを感じた。

タカシは一度いったくらいでは、簡単に解放してはくれなかった。

更に深く腰を入れて、克哉の快感を探るように角度を変えて責め続ける。克哉はもう抵抗することはやめていた。

その克哉を更に追い詰めるために、タカシは腰の動きを速めた。

「ああっ、タカシ！」

その求めるような甘すぎる克哉の声は、何よりも雄弁に彼の感情を吐露《とろ》していた。

そのときに、克哉はすべてを放棄した途方もなく綺麗な表情を見せて、タカシを受け入れたまま気を失った。

それは、タカシにとってもショックなことだった。

自分の腕の中で、自分の名前を泣きそうになって叫ぶ克哉を、そしてあんな顔をしてみせる克哉を、タカシは一度も見たことがなかった。

克哉の身体は、初めてのときとそれほど変わっていなかった。自分にとって克哉とは最初の男という意味でだけ、特別な存在なのだと思い込んでいた。

こんなに大切なものを、もう少しで失ってしまうところだった。

克哉に毛布をかけると、軽く口づける。

ぼんやりと彼の目が開いた。

「克哉？」

呼びかけるタカシに、何か答えようとして、それより先に身体の痛みを感じて、わずかに眉を寄せた。

「…続きできる？」

囁きながらも、タカシの唇はもう克哉の首筋を舐め上げている。こういうタフなところは、昔と同じだ。

「タカシ…」

克哉は、いかされたときの記憶があやふやで、もしかしたらタカシは自分の気持ちに気づかなかったのかも、と思った。

「いいだろう？」

タカシは優しく、克哉の髪を撫でる。

そして、徐《おもむろ》に毛布を捲り上げると、克哉の股間に顔を埋めた。

「タ、タカシ…！」

克哉は慌ててタカシをそこから押し退《の》けようとした。というのも、克哉は自分からはタカシにフェラチオをやってやったことはあったが、彼からそういう行為を受けた覚えがないのだ。

タカシが高校生のころに何度かそうしようとしたときに、克哉がそれを拒んだのだ。拒んだというよりは遠慮したのだが、それから二人の間ではなんとなくそういうルールができてしまっていた。

「無理しなくて、いい…」

克哉が泣きそうな声で云うのを、タカシは気にせず続ける。しかし、克哉の方は尚もしつこくその行為を拒んでいる。

「イヤ、なのか？」

仕方なく中断したタカシは、訝《いぶか》しげに克哉を見る。

克哉は暫く唇を噛んでいたが、ゆるゆると首を振った。

「そうじゃない、でも…」

「でも？」

克哉は、目を閉じて快感をやり過ごし、そして泣きそうな声で続けた。

「…それ以上やられると、おかしくなる…」

タカシはくすくす笑った。

「おかしくなったところが見たいな」

云うなり、克哉の先端を舐め上げた。

克哉は首を振って快感に耐えている。既に全身ががくがくしている。強すぎる快感についていけないのだ。

こんなに感じてしまう克哉に、一度もそれをしてやらなかったことで、タカシは罪悪感を覚えた。自分が彼にしてきたことを思うと、自分が許せなくなる。と同時に、何よりも彼を大切に思えた。


「よかった？」

タカシの口でいかされて、放心状態になっている克哉に、彼は覗き込むようにして聞く。

もちろん、彼に答えられるわけがない。

「…もう一回やってほしい？」

克哉は慌てて首を振って、そして真っ赤になった。

タカシはにやにや笑って克哉の髪に指を差し入れると、くしゃくしゃと掻き乱す。克哉の目が、少し細められた。

「子供みたいな顔だ…」

タカシの唇が近づいてきて、克哉の唇をかすめた。

情事の直後にそんな無邪気な顔をされたらたまらないな…、タカシはそんなふうなことを克哉の耳元に囁いた。

「どうして、気づかなかったんだろう…」

「え…？」

「どうしてもっと早く、あんたを愛してることに気づかなかったんだろう…」

克哉は、驚いてタカシを見上げた。

「ああ、そうか。あんたが気づかせなかったんだ」

「タカシ…」

「あんたが自分の気持ちを俺に気づかせなかったから、俺は自分の気持ちにさえ気づかなかったんだ」

妙に納得したようにそう云って、惚《ほう》けたように自分を見る四つも年上の男に、タカシは優しく口づけた。

克哉は、まだよくわかっていない顔をしている。

タカシは苦笑して、彼の耳元に囁く。

「あいしてるよ」

「え…」

「克哉は？」

首まで赤くなっている。

「…わかってるくせに、そんなこと聞くなよ」

ぼそぼそと返す。

タカシはちょっと笑って、そっと彼を抱き寄せた。

「だって、俺聞いたことないよ」

そう云ってうなじを舐めようとして、ふと右耳のピアスに齧《かじ》り付いた。

「…いて」

タカシは舌と歯を使って、プラチナのリングを外そうとしていた。

「おい、何やってんだよ」

妙な気分になってくるのを感じて、克哉はタカシをそこから剥がそうとした。

「…このピアス、誰に買ってもらったんだ」

その質問は、さっきも聞いたような気がする。

「…忘れた」

それは本当のことだったが、タカシはむっとしたようだった。

ピアスを耳ごと引きちぎるかのように、引っ張った。勢いで止め金が外れて、リングのピアスは床に落ちた。

「バカ、痛いじゃないか」

慌てて耳に手を持っていくと、少しだけ血が出ていた。

「他の男に貰ったのなんか着けるからだ」

タカシは謝りもせずにしゃあしゃあと返すと、自分がしていたトパーズのピアスを外して、ぺろりと舐めた。

そして、克哉の血を舌で舐め取ると、自分がしていたピアスを着けてやった。

「…やっぱり、よく似合うよ」

満足そうにそう云って微笑んだ。

「ショーウインドウで見たとき、絶対克哉に似合うと思って買ったんだ」

うすいピンクの石にうっすらと血が滲《にじ》んで、ぞくぞくするほどセクシーだった。

「…ずっと着けてくれるだろ？」

それは、殺し文句だった。

克哉はその言葉に過剰に反応してしまった毛布の下の高まりを悟られたくなくて、僅かに身体を捩《よじ》った。が、そういうことに目ざといタカシが気づかないはずがなかった。

「わ、やめ…！」

毛布を捲って、手を伸ばしてくる。

「克哉って、意外とスケベだなあ」

百倍ほどスケベな顔で云われて、それでも克哉は云い返せない。

何とかタカシの手から逃れて、克哉は上目遣《うわめづか》いで彼を見た。

「何？」

何か云いたそうな克哉に、タカシは優しく促す。

「…タカシがくれたヤツ、おまえ着けてくれるか？」

「え…」

克哉は毛布を巻き付けたまま身体を起こし、サイドテーブルの引き出しをごそごそと探っていたが、まだリボンがかかったままの箱をタカシに渡した。

「捨てたんじゃなかったんだ」

タカシの表情が思いがけないほど柔らかくなって、克哉はどきっとした。

「…でも、なんで開けてないんだ？」

「……」

克哉には答えられなかった。

「ねえ、俺が考えていることでいいのかな。俺、自惚《うぬぼ》れていい？」

「…知らない」

赤くなって目を逸らす克哉を、タカシはにやにや笑って見ている。

「これ、すげえ高かったんだぜ。入学祝いに貰った金をかなりつぎ込んだんだからな」

云いながら、がさがさと箱を開ける。取り出したピアスを克哉に渡した。

「着けて」

そう云って、少し顔を傾ける。

克哉は何とも云えない気持ちで、タカシの左耳にピアスを着けた。

「…タカシ」

小さな声で囁いてタカシの耳をぺろりと舐めると、彼の顎《あご》に軽くキスをした。

「克哉…」

タカシが彼を抱き寄せる。

「克哉、俺あんたをずっと傷つけてたんだな」

じっと克哉を見つめるタカシは、自分の方が傷ついた顔をしていた。

「タカシ、俺が勝手にそうしてたんだ。俺がおまえに打ち明ける勇気がなかっただけのことだよ。おまえがそんな顔することない」

そう云って、タカシの頬に片手を添えてそっと口づけた。

克哉の唇は軽く触れただけでタカシから離れた。その微妙な感じに、タカシはぞくぞくしてくる。

「克哉、俺これからはあんたにそんな思いはさせない。あんたと本気で恋愛したい…」

タカシの真剣な顔に、克哉は驚いたように、しかしはにかんだように微笑んだ。

克哉のこんな顔は初めて見る。タカシは思わず目を細めた。

「克哉、オレ…」

云いかけたタカシの唇を、克哉の指がそっと塞いだ。

「俺に云わせろ」

色っぽい目でそう云うと、いきなりぺろりとタカシの唇を舐めた。

息がかかるほどの距離でタカシをじっと見つめる。

「あいしてる…」

云ったあとに、思わず目を閉じた。

タカシの唇が自分に近づいてくるのがわかって、俄に緊張する。

タカシは情熱的なキスで、克哉の言葉に応えた。

「…タカシ、ずっと好きだった」

二人の唇が離れると、克哉は掠《かす》れた声でそう云ってタカシの首に腕をからみ付ける。

そして二人は互いの思いを確認するように、もう一度深く口づけた。

END

あとがき

アメリカ三大ネットワークのうちのひとつの社長が、自社製作のドラマに関して糾弾《きゅうだん》されている番組を見た。

若い彼はかなり分の悪い質問をぶつけられていたが、厳しい口調で彼を攻める女性インタビュアーに対して感情を乱すことなく、嫌味にならない程度の実に感じのいい微笑にほんの少し困ったような色を混ぜたできすぎの表情を終始浮かべて、決して相手を言い負かすことなく、しかし自分たちの非はやんわりと否定して、いかにも誠実そうに質問に答えていた。

インタビュアーがどれほど口調を荒げようが彼は決してその挑発には乗らず、完璧に自分の感情をコントロールしていたのだ。

彼が冷徹な検事のように相手をロープに追い込んでいるだけだったなら、それほど驚きはしなかったと思う。しかし、相手を追い込まず自分たちも苦境に立つことなく終始一貫して「不幸な感情の行き違い」をやんわりと主張し続ける彼の受け答えは、理論で勝つ姿よりもずっとずっと印象的だった。

そして、薄笑いでもなくまた自信に満ちた微笑でもない、視聴者に決して不快感を与えない計算し尽くされた表情にも、舌を巻いた。

整った甘いマスクでどんなふうに微笑めば視聴者は好感を抱くのか、どんなふうに眉を寄せれば自分に同情的になるのかすべて計算の上で、しかもそれをどんな名優よりも自然に演じて見せたのだ。選ぶ言葉はもちろんのこと、表情から声のトーンまで、完璧すぎるほどコントロールされていた。

これがアメリカの大企業のトップの実力というやつか。

こんなふうに自分を完全にコントロールできる男のプライベートの素顔を見てみたい。意外にヒステリーを起こしたりするのかも知れない。そしてその顔を知る唯一の人間とは…。いやいや、妄想は膨らむ一方だ。

企業ものを書くなら、一度はこのくらい徹底したエリートを書いてみたい。

しかし残念ながら「タイミング」はもっとずっとぬるい話だ。常にプレッシャーの中に身を置いて仕事をしている人たちではない。それでも世間をナメてかかってるガキの話ではない。

自分の能力を信じて自分の人生を自分のために正直に生きている人たちの話だ。自分の人生に責任がもてる、それが大人のかっこいい生き方だと私は思っているから。

さて、例に洩れず私も同人誌活動なぞをやっております。こっそり単行本を出して書店に置いたりもしています。(イベントでは「祭り囃子」。書店では「祭り囃子編集部」を捜すのだ!)
興味をもってくださった方には、ペーパーなどをお送りしています。返信用封筒をご同封の上編集部気付でご請求くださいませ。
あと、webサイトもあります。http://www2.justnet.ne.jp/~m-kikaku/index.html
長くて入力が面倒って人は、ヤフーやインフォシークなんかで「祭り囃子編集部」で検索かければ出てきます。どうぞ遊びにいらしてくださいね。

最後になりましたが、担当のTさんFさん本当にお世話になりました。

挿し絵の杜山さんもお忙しいときに本当にありがとうございます(高校生なんか描かせてしまって…)。どんな絵になるのか今から楽しみです。

そして、読んでくださった方々にも心から感謝しています。

これからもよろしくの気持ちをこめて、私の大好きな言葉を贈りたいと思います。

『人生は一度しかない。けど、うまくやれば一度で充分』

二〇〇〇年五月　　義月粧子

◆初出一覧◆

タイミング	／小説BEaST '99年Summer号掲載
タイミング 2	／書き下ろし
インパーフェクション	／小説b-Boy '98年5月号掲載

月刊
小説
b-Boy《ビーボーイ》
毎月14日発売！
遊びも恋も、いつでもボクらは真剣勝負！
ますます
Heat up!な執筆陣&
楽しい企画も満載!
五百香ノエル
斑鳩サハラ
池戸裕子
鹿住 槇
かわいゆみこ
川原つばさ
高坂結城
木原音瀬
灰原桐生
ひちわゆか
ふゆの仁子
御木宏美
水無月さらら
桃さくら etc.
A5サイズ
定価680円
(税込)
ビブロス
BIBLOS

ビーボーイノベルズをお買い上げいただきありがとうございます。
この本を読んでのご意見・ご感想をお待ちしております。

〒162-0825 東京都新宿区神楽坂6-46
ローベル神楽坂ビル7F
㈱ビブロス内
BBN編集部

タイミング

2000年6月20日 第1刷発行

著者――――義月粧子

発行者――――山本裕昭

発行所――――株式会社 ビブロス

〒162-0825
東京都新宿区神楽坂6-67FNビル3F
営業 電話03(3235)0333 FAX03(3235)0510
編集 電話03(3235)0332
振替 00150-0-360377

印刷・製本――――大日本印刷株式会社

乱丁・落丁本はおとりかえいたします。
定価はカバーに明記してあります。

この書籍の本文は日本製紙株式会社の製品を使用しております。

Printed in Japan
ISBN 4-8352-1059-X